妹に婚約者を取られたら見知らぬ公爵様に求婚されました2

陽炎氷柱

24124

角川ビーンズ文庫

CONTENTS

妹に婚約者を
取られたら見知らぬ
公爵様に
求婚
されました

CHARACTERS

アマリア・ローズベリー

妹に婚約者を取られた
伯爵令嬢

イルヴィス・ランベルト

公爵。アマリアの
婚約破棄を手助けする

ジル・プリマヴェーラ

プリマヴェーラ公爵令息で
イルヴィスの幼馴染み。
カレンの兄

カレン・プリマヴェーラ

プリマヴェーラ公爵令嬢で
イルヴィスの幼馴染み。
ジルの妹

ミラ

アマリアの専属メイド

エマ

アマリアの専属メイド

スザンナ

ランベルト公爵家の
メイド長

本文イラスト／ＮｉＫｒｏｍｅ

序章 ― 秋の夜のかくしごと

ローズベリー伯爵家の騒動がやっと一段落して、私……アマリア・ローズベリーは正式にイルヴィス・ランベルトの婚約者として公爵邸で過ごすことになった。

元婚約者のウィリアムが実の妹であるオリビアと浮気、両親が悪事を働いていたという衝撃。途方に暮れていた私を救ってくれたのが、イルヴィスだった。

少し前から彼に保護されるような形で公爵邸には滞在していたけど、私は客人として招かれたのだと思っていたのだ。だってイルヴィスが私に想いを寄せてくれていたなんて……思いもしなかったから。

もっとも、事情を知らない使用人たちからすれば、私たちの関係はずっと『婚約者』のまま変わっていないけれど。

「アメリー？　もう酔いが回ったのですか？」

愛称を呼ばれて、はっと我に返る。

低くてどこか甘さを含んだ声に顔を上げれば、心配そうにこちらを見つめるアイスブルーの瞳と目が合った。月光に溶けるような銀髪が風に揺らされるのも気にせず、イルヴィスは一心に私の返答を待っている。

「ごめんなさい、少し考え事をしていました」

秋の夜風が心地よいこの頃、私は久しぶりにイルヴィスとガゼボでゆっくり過ごしていた。お酒を口にしたからか、ついぼうっと考え込んでしまっていたらしい。

「へえ。貴女に焦れてやまない婚約者が目の前にいるのに、一人で考え事ですか？」

イルヴィスはそう言いながら、私の左手に触れた。そして私の注意を引くように掬い上げると、指を絡めて恋人繋ぎにする。動揺してもう片方の手で持っていたワイングラスを落としかけた。

「いえ！　その、改めて考えたらすごいなって」

「すごい？」

繋がったままの片手の指の間をスリスリと撫でられる。たったそれだけのことなのに、言いようのない感覚が背中を走った。

答えないとずっとこの時間が続きそうだ。イルヴィスの愛称を口にする声が裏返りそうになりながら、私はなんとか平静を装った。

「だって、私がルイと婚約したことが、いまだに信じられなくて」

「……そうですね、私も信じられません。諦めるしかなかったはずの貴女と、こうして共に過ごせる日が来るなんて」

幸せを噛みしめるように、イルヴィスは柔らかく微笑んだ。しかし次の瞬間、その目はすっと細められた。射貫くような強い視線に、思わず息をのんだ。

「でも婚約式だってやりましたし、もう逃がしませんよ」

……恋人になってから分かったことだけど、イルヴィスのパーソナルスペースはとっても狭い。気づけばすぐ隣に居るし、隙あらば手を繋いだり抱きしめたりする。心臓に悪いとちょっと距離を取っても、捨てられた仔犬のような寂しげな表情をされてしまえば、ずるい人と思いながらも間を戻すしかない。

例えば今のように。

「お披露目をする前にも言いましたが、私は逃げませんし、逃げたくもありません」

「ふふ。今の言葉、忘れませんよ」

まっすぐそう答えれば、イルヴィスはやっと手を放してくれた。温もりが離れたのは少し寂しいが、同時にほっと胸を撫でおろす。

(……深く踏み込まれなくて良かったわ)

イルヴィスに言ったことはもちろん嘘ではない。嘘ではないが、今私を悩ませている問題はもっと別にある。

最近イルヴィスとゆっくり過ごせていないのもそれが理由で――

「さて。よいお返事をいただいたところで、今日はそろそろお開きにしましょうか」

「え、ずいぶんと早いですね？」

突然の提案に、思わず思考を止めてイルヴィスを見つめる。ガゼボでお酒を飲む日は、いつも月が高くなるまで一緒に過ごしていたのに。

明日忙しいのだろうかと首を傾げる私に、イルヴィスが困ったように笑った。

「私とてアメリーと一緒に居たいのは山々ですが、そんな疲れた顔をした貴女を遅くまで引き止めるなんて、とてもできません」

「疲れているなんて……少し酔っているだけですよ」

「私との時間を惜しんでくださるのですか？　でしたら今日から同じ部屋で休むのもやぶさかではありませんが」

「急に疲れたので一人でゆっくり休ませていただきますね」

やっぱり私は酔っているようだ。恥ずかしくて一息で言い切ってしまった。

火照った頬を冷ますように顔を隠す。こちらを見透かすような視線から逃れるように目を逸らせば、イルヴィスは仕方なさそうにふっと笑った。

「ではそういうことにしておきましょう。最近は公爵家のマナーを熱心に学んでいるようですし、無理しないでくださいね」

「もう、子ども扱いはやめてください」

「おや、そんなつもりは全くなかったのですが」

言葉を途中で区切って、イルヴィスは悪戯っぽく目を細めた。経験上、この顔をしている時はたいてい良からぬことを企んでいる。

しかし身構える暇もなく、イルヴィスは私から空になったワイングラスを取り上げた。そして大変整った顔をぐっと近づけたかと思えば、私の眦に口づけを落としたのだ。

「私は子どもにこんな事をしませんよ」

「う、わ……私の勘違いだったみたいです！」

最後に艶やかな笑みを見せられてしまえば、私は顔を真っ赤にしてコクコクと頷くしかなかった。一刻も早くこの空気から逃げたい。

「えっと、ルイの言う通り、今日は早めに休むから先に戻りますね！」

必死に顔をイルヴィスから逸らしながら、できる限り距離を取る。全力の抵抗に驚いたイルヴィスの拘束が緩んだ瞬間、その隙を逃さず急いで立ち上がる。婚約者といえど、適切な距離が必要だと思う。心臓のためにも。

そんな私の一連の動きに、イルヴィスは可笑しそうに吹き出した。

「ふふっ、でしたら部屋まで送りますよ。それなら、もう少しアメリーといられるので」

笑いを隠せていない様子でイルヴィスも立ち上がり、私から取り上げたワイングラスをテーブルに置いた。そしてまだ固まっている私の腰に腕を回すと、そのままエスコートをするように屋敷の中へ促した。

　その道すがら、イルヴィスはふと思い出したように口を開く。

「そういえばアメリーが伯爵家から連れてきたメイドたち、もうすぐ教育期間に入りますよね？」

「へっ？　……あ、エマとミラのことですよね。二人がどうかしましたか？」

　二人は伯爵家にいた頃から傍にいる大切なメイドだ。公爵邸に来てからも私の世話を続けてくれていたけど、専属メイドは他の使用人と比べて求められることが多い。いくら信頼関係ができていても、二人が正式に私の専属メイドに昇格するためには公爵家のマナーをしっかり身に付ける必要がある。

　しかも名ばかりのローズベリー伯爵家とは違い、由緒正しい五公の一つであるランベルト公爵家のマナーは膨大で覚えるのが大変だ。二人ともしばらくそちらにかかりっきりになるだろう。

「いえ、教育期間中はかなり時間に追われると聞きまして……二人とも同時に抜けてしまったら困りませんか？」

「その間は公爵家のメイドにお願いしようかなと思っていたのですが、もしかしていけませんでした？」

「アメリーが快適に暮らせるのでしたら、それくらいはどうってことありませんよ。ただ……」

イルヴィスは言いにくそうに視線を外すと、怒られた子どものような顔で続けた。

「実は今まで公爵邸には私しかいなかったもので、あまりメイドを雇っていなかったんですよね……」

「え、そうですか？　私には全然そのようには見えませんが」

比較対象にならないのは分かっているが、伯爵家のメイドは八人しかいなかった。それに対して、公爵家のメイドは最低でも三十人は思い浮かぶ。まだ会ったことがない子もいるだろうし、十分すぎる人数では？

「恥ずかしいことですが、アメリーを迎える前に慌ててメイドを増やしたのです。できる限り良い者を選んだのですが、貴女を任せるには少し心配で」

「公爵家に来る条件のいい方って、ほとんど経験者ですよね？　別の公爵家に仕えていたとまではいわずとも、それなりの家柄で働いていたはずでは」

「同じ位の貴族でも大きな差があるということは、アメリーもよく知っているでしょう」

「う、そう言われると何も返せないですね……」

伯爵家の労働環境を思い出して、私はつい遠い目をしてしまう。仕事の丁寧さよりも機嫌取りに長けていた者が多くいたし、むしろ新人の方がしっかり仕事をしていた。

うん、ここは素直にイルヴィスの言葉に従った方がいいかもしれない。

「ですので、メイドの代わりにメイド長を付けようと思いまして」

「え」

思わず立ち止まってイルヴィスを見上げれば、そこにはいつもと変わらぬ優しい笑顔があった。

「あの、メイド長って、もしかしてスザンナのことですか？　私にマナーを教えてくださっている」

脳裏に恰幅の良い、眼光の鋭い年嵩の女性が浮かぶ。

メイド長として何十年もイルヴィスに仕えている古株の使用人で、現在私に公爵夫人としての振る舞いなどを教えてくださっている方だ。その腕は確かなのだが……とても厳しい人でもある。

「はい。彼女ならアメリーも気心が知れていると思ったのですが……もしかして余計な気遣いでしたか？」

「いえ、そんなことないですよ！」

しかし私の反応で何か察したのか、イルヴィスは悲しそうに顔を曇らせた。

「小さなことでも甘えてくださいと言ったはずなんですが」

じっとりとした視線をこちらに向けられる。

「もちろん覚えています。でも本当に大したことじゃありませんので、あまり気にしないでください」

「貴女を気にしないでいることがどれだけ難しいか、分かっていないからそんなことが言えるんです」

思わず流されてしまいそうになるのをぐっと堪える。

不安になるとき、イルヴィスはいつもこうやって力になろうとしてくれる。でも、私はそんな一方的に寄りかかる関係は良くないと思う。

今までずっとイルヴィスに救われてきたからこそ、私も何か返したい。出会ったばかりの頃のように何もできない女じゃなくて、彼に相応しい人になりたいのだ。

「頑張って慣れてください」

「おや、つれないですね。……ですが、何かあったら私に言ってくださいね」

「ありがとうございます。その時は相談しますね」

誤魔化されてくれたイルヴィスに感謝しながら、私は話題を変える。

イルヴィスの様子から考えると、すぐにでもスザンナに話がいくだろう。私は明日の授業でも会うことになる彼女の姿を思い浮かべて、深いため息をついたのだった。

もともと、私は婿を取ってローズベリー伯爵家を継ぐはずだった。だから幼いころから学んできたのは、次期伯爵に必要な知識だ。しかしウィリアムと婚約を破棄して、イルヴィスの婚約者となったことでそれらの知識はほとんど使われないものになってしまった。

その影響で、私の生活は大きく変わった。

例えば、私が果たすべき役割がそうだ。

この国では、爵位を持つ人が外部で仕事をする。例えば王宮で会議に参加したり、領地や事業の管理をしたり。逆にその伴侶は、主人の代わりに家を守る。備品や使用人の管理から始まり、屋敷で開かれるパーティーの準備をしたりするのだ。

（つまり、私が伯爵家で学んだことはあまり参考にならないのよね）

唯一共通するものと言えば現存している貴族の情報や基本的な社交マナーくらいだが、これもウィリアムが制限していたせいで実践することはほとんどなかった。

今では笑い話だが、私は名乗られるまでイルヴィスの正体に気づかなかったほど世間知らずだったのだ。パーティーへの参加を制限されていたせいでダンスもボロボロだし、改めて考えると本当に酷い間抜けさだった。

まあ、過ぎたことをいつまでも悔やんでも仕方ない。

私にできることは一刻も早く必要なマナーや教養を身に付けることである。結婚式までに、幼い頃から積み重ねている令嬢に見劣りしないような淑女にならなくては――。

「アマリア様、ランベルト公爵家と関わりのある家門はもう覚えましたか？」

静寂な部屋に、温度を感じさせない女性の声が響く。分厚い書類の束を抱えた彼女はこ

THE HEAD OF THE FAMILY

の屋敷のメイド長であるスザンナだ。

今が勉強の時間だと思い出して、改めて気を引き締める。どうやら上の空だったようだ。

私は読んでいた貴族リストから顔を上げて、小さく頷き返した。やはり影響力が大きい公爵家なだけあって、関わりのある貴族だけでも数十はくだらない。その家族まで入れたらあっという間に四桁までにも膨れ上がり、分家まで視野に入れたら途方もない人数になる。

そんな私の弱気の思考を表情から読み取ったのか、スザンナはわずかに眉をひそめた。

「では、五公の一つであるプリマヴェーラ公爵家と我が公爵家はどのような関わりがあるのでしょう」

「ええと、プリマヴェーラ公爵家は大きな商団を抱えていて……ランベルト公爵家とは香料のやり取りが盛んなのよね」

「その通りです。ですが、あちらも同じく建国時から存在している公爵家。お互いに歴史のある家門ともなれば、個人的なお付き合いが生まれます。イルヴィス様の奥方ともなれば、仕事以外での交友関係も把握しておいた方がいいでしょう」

一瞬、頭が真っ白になった。

昔の癖でつい家門や仕事を結び付けて覚えようとしてしまったが、『実際に』関わることになった今、必要なのは書類上のお付き合いだけではなく人間関係の情報だ。必死に記憶を掘り返すが、すぐにスザンナが求めている答えを見つけられそうにない。

口ごもる私に、スザンナはため息をついて補足してくれた。

「プリマヴェーラ公爵夫妻には二人の子どもがいらっしゃいます。特にご令息の方はイルヴィス様と年も近く、アマリア様もお話しする機会があるでしょう」

「はい、しっかり覚えておきます……」

スザンナの視線が突き刺さっているのを感じる。

気まずさを覚えつつも、私は今の話をメモに書き留めていく。厳しい話し方をしているが、スザンナの知識はとてもためになる。それに情報の節々から公爵家を大事にしているのが伝わるから、むしろ彼女を見習っていきたい。

(スザンナが専属メイドになるのは、むしろチャンスかしら)

今は授業のときしかアドバイスを貰えないけど、一日中傍にいてくれるのならもっと私のダメな所に気づいてくれるのかもしれない。

日常生活の中でこそ至らないところが目につくと思うし、厳しいからと逃げ腰になるべきではないよね。

「スザンナ、しばらく私のメイドになるという話は聞きましたか？」

「はい、アマリア様に不便がないようにとイルヴィス様から仰せつかりました」

相変わらず淡々と述べるスザンナからは一切感情が読み取れない。ミラも感情表現に乏しい方だが、考えていることを口に出してくれるタイプだ。もう少し信頼してもらえたら、スザンナも変わるのだろうか。

(ルイは今まで女性関係で散々な目に遭っていたし、私が警戒されるのも仕方ないか)

貴族社会において、婚約者が一度破談になった令嬢というのは存外重い枷になる。

それもあって、イルヴィスは私が元婚約者に浮気されたことを徹底的に隠してくれた。

家令のコンラッドはイルヴィスの補佐をしているため仕方ないが、この屋敷の使用人で他に私の事情を知っている者は一人も居ない。それはメイド長も例外ではなく、彼女とどことなく距離を感じるのはそのせいだろう。

もちろんスザンナが口の軽い人間のようには見えないが、話というのはどこで漏れるか分からないものだ。私も過去のことでイルヴィスに迷惑をかけたくないし、知っている人は少ないほうがいいだろう。スザンナとの関係改善くらい、自力で解決しなければ。

「忙しいところに迷惑をかけてしまうけど、お願いします」

「私のような使用人にはもったいないお言葉です」

スザンナはそう言ってくれたが、それが心にもないセリフなのは明らかだった。

「……私、スザンナに嫌われているのかしら」

スザンナが私についてから、そろそろ一週間が経つ。

イルヴィスに長い間仕えていたというだけあって、エマとミラよりもずっと効率よく仕事をこなしている。いるけれど。

（びっくりするくらいかなり無口……！）

私と年が近いエマたちとは違って、スザンナとはあまり会話が弾まない。私から話をふれば答えてくれるが、話を広げようとする素振りが全くないのだ。見事なまでの最低限のやりとりしか発生しない。

イルヴィスから進んで人と壁を作らないと聞いていたが、ただいま要塞の如く分厚い壁を感じる。というより、話しかけるなという空気を常に纏っている。

私との距離を測りかねているというより、意思を持って拒絶している感じだ。以前はここまで冷たい人でなかっただけに、メイドになってから何か嫌われるようなことをしてしまったとしか考えられない。

（本人に聞いても否定されるし……スザンナの態度に影響されたのか、他の使用人たちにも距離を取られているのよね。前までそんなことなかったのに、やっぱりメイド長の存在は大きいのかしら）

一人で部屋にいるのをいいことに、私は大きなため息をついた。

普通の令嬢と違って、私には持参金がない。その上突然ランベルト公爵家に来たものだから、使用人たちの多くが戸惑っているのだろう。最初は公爵夫人になる存在だからと友好的だったが、マナー勉強などで行き詰まっている私に向けられる目がだんだん冷たいものになっていった。

そこにスザンナの態度が加わり……遠巻きにされていると言えば聞こえはいいが、要するに、完全に屋敷で浮いているという話だ。

(伯爵家の話は知られていないからこその問題でもあるけれど……いえ、これを理由にするのは甘えね)

……とにかくそんなわけで、公爵家に進んで私に声をかけてくれる人はいない。

正直腫れ物のように扱われるのは心に来るけど、私は時間をかけて歩み寄っていくつもりだった。いきなり親しげにされても、逆に警戒されてしまいそうだったから。

だけど、そうなってしまうと私が気兼ねなく話せる相手はエマとミラ、そしてイルヴィスという小さなコミュニティーに収束されてしまう。当然、屋敷であったことを知るのさえ一苦労だ。

そう。

この状況になって、私は現実をまざまざと突き付けられたのである。

(このままじゃいけないけど、これからどうしよう)

スザンナに直接命令という形で聞く手もあるけど……そんなことをしてしまったら、それこそより溝を深めてしまいかねない。

もちろんスザンナを罰するなんて以ての外だ。メイドとして仕事を完璧にこなしているし、彼女に非なんて少しもない。

でもだからといって、このまま放置していい問題ではない。イルヴィスに相応しい人になる以前に、使用人に嫌われてしまうのは迷惑をかける部類の話だ。

何より私がそんな人になりたくない。

（まだ立場が弱いから、トラブルはなるべく避けたいけど）

しかし私にも勉強がある以上、スザンナや使用人たちに多くの時間を割くこともできない。本来やるべきことを疎かにするなんて、より多くの人に迷惑をかけてしまうだけである。

せめてもう少し屋敷の空気に溶け込めたらできることが増えるのだが……。

『小さなことでも甘えてくださいと言ったはずなんですが』

頭を振って、脳裏に浮かんだイルヴィスの顔をかき消す。

頼りきりでいたくないと決めたばかりなのに、これくらいのことで弱気になってどうする！

「勉強と主従関係、何か両立できる方法があればいいんだけれど――」

第一章 ― 変わるための最初の一手

ランベルト公爵邸のボールルームでは、その煌びやかな雰囲気を打ち消すほどに気まずい沈黙が流れていた。

「アマリア嬢、前に出る足が逆ですわ」

困ったようにため息をつくダンス講師を前に、私は緊張で体が強張るのを感じる。

彼女はスザンナが紹介してくれたダリア・フェルン伯爵夫人という方で、どんな難しいステップでも華麗に蝶のように舞うことで有名な女性だ。世間に疎い私でも、耳にしたことがあるほど人気がある。

「基礎ステップはまだ良いのですが、ワルツ以外はどうも動きが硬いわねぇ……」

「ごめんなさい、ダンスはあんまり踊ったことが無くて」

フェルン夫人の指摘に、私は素直に謝った。彼女は私を気遣って甘く評価してくれているが、自分のダンスが不格好なことくらい理解しているつもりだ。

もともと私は運動神経がいいというわけではなく、小さい頃から体を動かすのもあんまり好きじゃなかった。しかもウィリアムは私が目立つのを嫌がるので、パーティーで踊った回数は片手で数えられるくらいだ。

恥をかかないようにファーストダンスで踊るワルツだけは身に付けているけど、それ以外はからっきしである。

「さて、最後に一通りおさらいをして今日は終わりにしましょうか」

空気を変えるように手をパンと叩いて、フェルン夫人は優しく笑った。

「男性役はわたくしがしますので、アマリア様は教えたとおりに踊ってくださいな」

「は、はい、わかりました」

夫人の足を踏んでしまわないかが心配で、余計に緊張してしまう。手を取る前からすでに動きが硬い私を見て、彼女は気遣うようにこちらを見ている。

「わたくしのドレスで足元が気になるのでしたら、別の方をお呼びしましょうか？」

「い、いえ！　お気遣いなく！」

「ふふ、そう緊張なさらないで。気を楽にして始めましょうか」

ちょうど部屋の隅で待機していた楽隊が準備を始めたその時、控えめなノック音が響いた。直後、私の返事も待たず扉が開かれる。

この屋敷でそんなことができるのは、一人しかいない。

「よかった、まだ終わっていないみたいですね」

小さく開かれた扉から、イルヴィスがいつものアルカイックスマイルを浮かべて入ってきた。

「ルイ！　どうしてここに？」

今日は仕事があるはずだ。

首を傾げる私に、イルヴィスはこちらに近づきながら答えた。

「早めに切り上げられたので、顔を見に来たんです。先生も構いませんか？」

「もちろんですわ」

フェルン夫人は笑顔で答えると、良いことを思いついたようにくるりとイルヴィスに向き直る。

「せっかくですし、公爵閣下にダンスのお相手をお願いしてもよろしいですか？　閣下が難しい顔をされるから、男性役の殿方を呼べないんですのよ」

「え？」

初めて知った事実に、思わずイルヴィスを見上げる。

社交ダンスの授業にはパートナーの代わりを務める役があり、実践を考えてほとんど男性がその役割をこなす。しかし、私の相手はいつも女性が務めていたのだ。

てっきり夫人なりの考えがあるのだと考えていたが、まさかイルヴィスが関わっているとは思わなかった。

「ゴホン！　……適当なことは言わないでください」

「まあ！　契約の時にあれほど男性役についてお聞きになったこと、もうお忘れですか？」

「なっ、私はただアメリーのことを考えて――」

ほんのり耳を赤らめたイルヴィスは、途中で言葉を区切った。

何を言っても言い訳にしか聞こえないことを悟ったらしい。言葉の続きを知りたかったが、他人がいる手前口に出せなかった。だって、聞いた私も間違いなく恥ずかしい思いをするんだから。

（あ……でも、緊張は少し解れたかも）

気を取り直して、私はダンスに集中することにした。

いまだに赤みが残るイルヴィスに向き合って、差し出された手を取る。小さく息を吸いこんで、楽隊が奏でる音楽に従って足元に意識を集める。

今私が教わっているのは初心者向けのワルツとは違う難しいもので、宮廷舞踏会で一番踊られるダンスだ。曲のテンポも速く、気を抜くとすぐに足がもつれてしまう。相手の足を踏むだけならまだいいが、最悪転んでしまうこともある。

間違ってもパーティーでそんなミスをするわけにはいかないので、ダンスの授業は他と比べて神経を使うのだ。

「素敵ですわ、アマリア様。先ほどよりもずっと上手に踊れていましてよ」

フェルン夫人は褒めてくれたが、上手く踊れているのはイルヴィスのおかげだろう。私と同じくパーティーにはあまり顔を出していないはずなのに、べらぼうに上手だ。私が間違って足を踏みそうになっても、自然な動きで避けつつこちらのフォローも忘れない。

　おかげで少しだけ気楽に踊れるけれど、次のステップを思い出すのに必死な私に答える余裕はない。

「アメリー、そんなに緊張なさらないでください。失敗しても大丈夫ですから」

「そ、そういうわけにはいきません！　他の人と踊るときに困ってしまいます」

「私とだけ踊ればいいんです。貴女は私の婚約者だ。他の誘いを断っても問題はありませんよ」

　足元を見つめたままイルヴィスに答えると、どこか拗ねたような声色でそう返された。

　思わず顔を上げれば、彼は形のいい眉を悲しげにひそめている。その顔につい罪悪感を抱いてしまうけれど、流されるわけにはいかない。

「問題ありますよ！　誘いをすべて断る令嬢なんて、きゃっ」

「アメリーっ！」

　意識が逸れていたせいか、言葉の途中で躓いてしまう。

　イルヴィスが支えてくれたから転ぶことはなかったが、話はそれでうやむやになってしまった。

「大丈夫ですか？」

「は、はい」

私が体勢を整えるのを待ってから、イルヴィスはゆっくりと手を離した。

すぐに立て直せないことを悟り、フェルン夫人は楽隊に演奏を止めさせる。そしてすかさず優しい笑みでフォローを入れてくれた。

「アマリア様にお怪我がなくて良かったですわ。今日はいつもより長く踊りましたから、きっとお疲れでしょう」

その気遣いを心苦しく思いつつ、私は素直に頷いた。

「さて、今日はこのくらいで終わりにしましょうか。ゆっくり休んでくださいね」

「はい……ありがとうございました」

改めてフェルン夫人にお礼を告げて、授業を終えた私はイルヴィスと共にボールルームから出る。ディナーまでまだ時間があるので、一度部屋に戻って一人でダンスのステップを復習したい。思いっきりミスしてしまったし、次はこんなことが起こらないようにしないと。

夫人はああ言ってくれたけど、ゆっくり休める余裕は私にはない。

「ごめんなさい、ルイ。せっかく時間を作って来てくれたのに、すぐに授業が終わってしまって」

「少しでも長く貴女と過ごしたかっただけですから、気にしないでください。アメリーと踊れましたしね」

「またそうやって私を甘やかす……」

「この程度で甘やかされているだなんて、どうやら私は寂しい想いをさせてしまったようですね」

「さ、寂しい⁉　そんなことありませんよ！」

むしろどんどん自立心を溶かされていると言っても過言ではないのだが。

目を丸くする私に、イルヴィスはしたり顔で頷いた。

「だってそうでしょう？　恋人との時間を作ったことを甘やかしだと言うのなら、アメリーを疎かにしている証拠ではありませんか」

「……わざと文脈を読み間違えましたね？」

「おや、気づいてしまいましたか」

楽しげに笑うイルヴィスに思わず半目になる。しかし私のじとりとした視線を受けて、途端に殊勝な顔つきになった。

「貴女が冷たいことを言うので、つい」

その物憂げな顔といったら、絵画にしたら歴史に残る名作になるだろう。

イルヴィスにしては大げさなその表情に、私は直感的にからかわれていると察した。しかしわざとだと分かっているのに、理由を聞かずにいられない力がその顔にはあった。

「……一応聞きますけど、何か失礼なことを言いましたか？」

「はい」

「まさかの即答」

私がそう聞くと分かっていたようなタイミングに、負けたようで悔しくなる。だけど、そんな気持ちを吹き飛ばすような爆弾がイルヴィスから渡されてしまった。

「私はアメリーと過ごすことが何よりも幸せです。……それなのに、貴女には負担だと思われているのがとても悲しいです」

「……っ」

頭を鈍器で殴られたような衝撃だった。

呼吸すら奪われるほど嬉しいのに、上手く頭が回らない。顔を真っ赤にして視線を泳がせる私に、イルヴィスはとろけそうな甘い笑顔を見せた。

「ふふ、ご理解いただけたようで何よりです」

「こ、これから気を付けます……」

蚊の鳴くような声で答えれば、くすりと笑うのが聞こえる。

それを指摘する気力もなかったので、恨めしい気持ちを込めてイルヴィスを睨んだ。でも特にダメージを与えている気配はなく、むしろより楽しそうに笑い声を上げられてしまった。

……一応は申し訳ないと思っているのか、手で口元を押さえている。まったく隠せていないけど。

「もう、私は先に部屋に戻ります！」

「えっ」

驚くイルヴィスを無視して、足早に部屋に向かう。

別に怒っているわけではなく、いまだに火照る顔を冷ますためだ。少し申し訳ないけど、あんなにも笑うイルヴィスが悪いのだ。

(最近忙しくて一緒に過ごせなかったからか、私の耐久値がもっと下がっている気がするわ)

そんなことを考えながら逃げるように進んでいたのが良くなかったのか、我に返ったところには見知らぬ通路に出ていた。

窓から入ってくる夕日の角度から考えるに屋敷の西側だと思うのだが……全く見覚えがない。

「まさか数か月も過ごした屋敷で迷子になった……？」

確かに公爵邸は伯爵家が何個も入るほど立派だが、それでも成人女性が迷う理由にはならないだろう。

まず思いついたのが来た道を戻るという方法だが、夢中で歩いていたせいで記憶が怪しい。次に思いついたのは声をあげる方法だが、恥ずかしいので最終手段にしたいところだ。

ならば近くにいる使用人に声をかけるしかない。

……もしかしたらこれは正当に声をかけるチャンスではないだろうか。そうだ、スザンナの居場所を聞いてさりげなく大広間まで案内してもらおう。道中で話が弾んで仲良くなれるかもしれない。

そう考えれば、不思議と明るい気分になれる。さっそく近くを歩き回ってみれば、運がいいことにすぐに物音が聞こえた。何やら話し込んでいるようで、いきなり声をかけるのは躊躇われた。

なので、私は申し訳ないと思いつつもひとまず物陰に隠れて様子を窺った。

「……と……なの……」

耳を澄ましてみれば、すぐに話し声だと気づいた。声の高さから女性だと思うけど、結構年上のような気がする。同じ年齢じゃないことを少し残念に思いつつ、私は勇気を出して声の方に近づいた。

「それで、閣下の婚約者はどんな女なの？」

その言葉が聞こえた瞬間、私はほとんど反射で壁に張り付いて隠れた。

ふかふかの絨毯が足音を吸収してくれたおかげで、曲がり角の先にいる使用人たちは気づいていないようだ。

（つい隠れちゃったけど……私の話？）

狭い環境で生活している使用人たちの話題はそう多くない。善し悪しの差はあれど、こっそり雇い主の話をするのはよくあることだ。実際、伯爵家にいた頃も私と妹の話はよく耳にしていたものである。

本来はそっと立ち去るべきなのだろうが、これは私の印象を知る良いチャンスだ。特に情報を手に入れる手段がない今、役に立つ情報は積極的に耳に入れるべきだろう。

盗み聞きに罪悪感を覚えつつ、私は息を潜めて耳をすました。

「わ、私のようなものが知っていることなど……」

「別に大したことじゃなくてもいいんだよ。あたしはほぼ屋敷に居ないからさ、まったく情報が耳に入らなくて困ってるのさ」

どうやら女性は若いメイドに絡んでいるらしい。

てっきり二人とも使用人だと思っていたのだが、もしやお客様だろうか。しかし、外部の人が他人の屋敷でメイドとこそこそ話をするとは思えない。イルヴィスも、家令であるコンラッドも見逃すはずがないからだ。

「で、ですが……」

「まったく、うじうじとはっきりしない子だね。その反応じゃ何かは知ってるんだろう？あたしは何も悪いことをしようってんじゃないんだ。あの女のことを知っていた方が仕事しやすいから聞いてるんだよ」

わずかなやり取りを聞いただけでも、メイドの子が躊躇っている理由が分かる。『あの女』とは、間違いなく私のことだろう。

口調のせいかもしれないけど、女性はあまり態度が良くない。彼女がどんな立場の人かは分からないが、私のことをよく思っていないのは明らかだった。

ここで飛び出して咎めても問題ないだろうが、女性は反省しないだろう。むしろ小娘が調子に乗っているとでも考え始めるはず。ああいう人は伯爵家にたくさんいたから、考えそうなことは大体予想がつく。

(それに、今は私が見定められている大事な時期。身分を振りかざすだけの女だなんて思われたくないわ)

ここは一旦堪えて、女性のことを探った方がいいだろう。私は気づかれないように、そっと壁から顔を出して様子を窺った。

残念ながら角度の問題で二人の姿を見ることはできなかったが、女性の後ろ姿ならなんとか視界に収められた。

青み掛かった髪をきつく結い上げており、ひょろりと細くて背が高い。なかなか特徴的なシルエットだが、思い当たる使用人はいない。彼女の言葉通り、あまり公爵邸にいないのだろう。

「はあ、あんたみたいに鈍い子を紹介するんじゃなかったよ。何、公爵家での暮らしが安定してきたから、あたしより偉くなったつもりかい」

「い、いえ……！　そのようなことは決してありません。すみません、メイドとしてふさわしくない行動をしてしまいました！」

「ふん！　分かればいいのよ。だいたいこれはあの女のためでもあるんだからね」

分かりやすい脅しだ。伯爵家のことを思い出して、少し嫌な気持ちになった。

「でも、私は本当にアマリア様のことをよく知らないんです。たまに遠目でお見掛けしたり、噂を伝え聞く程度で……」

「それでもどんな女かくらいは分かるだろう」

「ええと、そうですね……」

食い下がる女性に根負けしたのか、メイドは気が進まなそうな声色で続けた。

「……アマリア様が使用人と話している姿はあんまり見ません。伯爵家から連れてきたメイドたちとは仲がいいみたいですが……それ以外では、コンラッドさんやメイド長とお話しされているみたいです」

「下々には興味ないってことかい。典型的なお嬢様だねえ」

「私たちにきつく当たるということもないですし、話してみると穏やかな方という話もありますよ」

屋敷中の使用人に嫌われていると思っていただけに、メイドの言葉に元気づけられる。

だけど女性は馬鹿にしたようにフンと鼻を鳴らし、食い下がった。

「噂というのはまさか、それのことじゃないでしょうね」

「は、はい！　その、あの、あまり大声で話すべきではないのですが」

「はっきりとお言い。あたしの口が堅いのは知っているだろう」

「えっと、いまだにアマリア様が女主人としての権利を持っていないのは知っていますよね？」

恐る恐る声を抑えて話し出したメイドの子に、女性は初めて興味を持ったようだ。一言一句も聞き漏らさないように、じっと耳を傾けている。

「婚約者の屋敷に迎えられたあとって、まずはその家のマナーを勉強しますでしょう？」

まさに今私がスザンナから学んでいることだ。

もう少し基礎が身についた後、いよいよ実践が始まる。例えばお茶会を開催してみたり、使用人の管理をしたり……まあ、たいてい夫人になっていきなり始めるのではなく、小さいうちに経験しておくものだけど。

「ええ、そうね」

話が読めない様子の女性は、メイドの言葉に首を傾げた。

「でもみなさんすぐに身につけて、お茶会やパーティーを開くじゃないですか」

その言葉通り、嫁入り先では座学より実践に力を入れることが多い。ほとんどの座学などすでに身についており、わざわざ時間をかける必要がないからだ。

そもそも貴族というのは、特別な事情がない限り幼い頃に婚約が決まっている。

だから嫁ぎ先のことは小さい頃から学んでいるわけで、屋敷に迎えられた後に改まって時間をかける必要がないのだ。だから座学は早々に切り上げられ、女主人の権利を使いこなすべく日々を過ごす。

「それなのにアマリア様って、ずっと屋敷に籠りっきりで勉強しているでしょう？　確かに急に決まった婚約らしいですけど、さすがに時間をかけすぎだと言われているみたいですよ」

爵位を継ぐための勉強をしてきた私は、座学から時間をかける必要がある。事情を知らない使用人が疑問を抱くのは当然だ。こんな陰口が出てきてもしかたない。

悔しさに唇をかみしめながら、私は面白がるような声に耳を傾けた。

「私は思ってないですけど、アマリア様はあまり賢くないのでは……という噂です。それに、社交界に顔を出していなかったのは、あまりにも教養がなくて、恥ずかしくて外に出られなかったんじゃないかって」

今すぐにでも弁明したかった。まさか、ここに来てもまだ過去に苦しめられるとは思わなかった。

でも今出て行ったところで、私の話は言い訳にしか聞こえないだろう。盗み聞きもバレてしまうし、噂の信憑性を高めるだけ。握りしめた手のひらに爪が食い込むのを感じるが、その痛みのおかげで冷静でいられた。

「なるほどね。まったく、あのスザンナがいるのに、よくそんな話が出るねえ。よっぽどダメな女なのかい」

熱心な女性につられたのか、メイドが少し話に前のめりになった。

「……あ、そういえば、たまたま見た子がいるんですけど……その、ダンスのステップが恐ろしくぎこちないらしくて」

「まあ、良いところが一つもないじゃないの！　閣下はなんであんなのを選んだのかしら」

「待っ……声が大きいですっ！」

「ふん！　そんな小娘、あたしは怖くないね！　そのうち愛想つかされて追い出されるに違いないわ」

高笑いでもしそうな言葉を最後に、話し声は遠のいていく。得られた情報に満足したのだろう。慌てた様子のメイドと共に廊下の奥に消えていった。

一方私は、まるで縫い留められたようにその場から動けなかった。

自分が迷子だということも忘れて、彼女たちの気配が消えるまでずっと息を潜めているしかできない。

（……やっぱり、今のままじゃダメだわ）

屋敷を運営しているのは屋敷に仕える使用人だ。彼らの働きによって、イルヴィスは安心して公爵としての仕事に専念できる。そんな私よりずっと長い間尽くしてきた人たちが納得していないのに、女主人とはとても言えない。

そもそも近くで仕えている人にすら認められてないようじゃ、社交界に出たって上手くやっていけないだろう。

私だけが恥ずかしい思いをするならまだいい。でも、婚約者である私のミスはイルヴィスの評価にも繋がる。それだけは絶対に避けなければならない。

（……ぼうっとしている暇はないわ）

イルヴィスの隣に相応しい存在になると決めたばかりなのに、こんなことで落ち込んでいる場合ではない。公爵邸での私の評価を早く変えなくてはならない。

でも幸いなことに、さっきの女性のおかげでいい方法を思いついた。なんとか時間のやりくりができそうだ。

そうと決まれば善は急げ。私は気を取り直して近くで別のメイドを見つけ出して、イルヴィスのところまで連れて行ってもらった。

「イルヴィス様は執務室に戻られました」

そう言ったメイドに案内されたのは、イルヴィスの執務室だった。

「あれ、ルイは仕事が終わったと言っていたけれど……」

「も、申し訳ございません！　理由までは分からず……！」

独り言のつもりだったが、それを拾ったメイドが顔色を悪くして頭を下げた。それに慌てたのは私だ。

「いえ、こちらこそ変なことを聞いてしまってごめんなさい。ここまでありがとうございます」

警戒している様子のメイドにお礼を言って、私は小さく息をついた。

恐れ多いといったように過剰に委縮したような態度は、母に対するものを彷彿とさせて気が重くなる。やっぱりこのままじゃいけない。

気合を入れて、執務室の扉を叩く。

「ルイ、少しお時間をいただけませんか？」

少しして、中からイルヴィスの驚いた声が聞こえた。

「……アメリー？」

「はい。お話をしたくて」

ほどなくして、不思議そうな顔をしたイルヴィスが扉を開けて私を中に迎えてくれた。

ちらりと見えた背後のデスクには、明らかに未処理の書類が山となって積まれている。

今日の仕事は終わらせたと言っていたが……私がイルヴィスを置いて逃げたので、暇を持て余してまた仕事をし始めたのだろう。置き去りにしてしまったのは申し訳ないけど、さすがにワーカホリックすぎやしないだろうか。

そんな私の視線に気づいたのか、イルヴィスは誤魔化すように笑ってソファーを勧めてくれた。

「まだお仕事をしていたんですか？」

「アメリーに逃げられてしまったので、寂しさを紛らわせるために少し。ちょうど終わるところでしたよ」

さらりと流されてしまった。

私には頼って欲しいと言うのに、イルヴィスはこうやって一人で抱えようとする。……イルヴィスにとって、私はまだ守るべき存在なのだろう。

私は覚悟を決めて、まっすぐイルヴィスの目を見つめた。

「ずっと先送りにしてきた女主人の権利ですが、こちらの一部で構いません。どうか許可をいただけませんか」

社交界に参加すること以外にも、夫人にはやるべきことがある。それは女主人として屋敷を取りまとめることだ。これも結婚する前のこの時期から少しずつ始めていくのだが、他の勉強に遅れが出ているせいで見送られてきた。

(何の権利も与えられていないぽっと出の女なんて、相手にされないのも当然ね)

でも噂の原因がはっきりしている以上、最初にすべきことは分かりやすい。

「女主人としての権利……ですか?」

私がこの話を切り出すとは予想していなかったようで、イルヴィスは大きく目を見開いた。勉強の進歩の報告ならスザンナから受けているはずなので、きっとまだ早いと思っているのだろう。

「いつだって貴女の望みを叶えるつもりですが、理由をお聞きしても?」

事実をそのまま言ってしまったら、きっとイルヴィスは陰口を叩いていた使用人たちを捜し出して罰する。しかし、それでは根本的な解決にはならない。

だから私は、ここに来るまでに考えてきた建て前を使うことにした。

「最近、屋敷内のお仕事を教えてもらっているんです。今はまだ使用人の顔を覚えている段階ですが、紙の情報だけだと覚えにくくて……実際にお話ししてみようと思って」

「へえ。一緒に過ごしたいという恋人のけなげな願いを断って、貴女は他人のところに行くのですね……悲しいです」

とても恨めしげな視線を送られる。どうやらまだ根に持っているらしかった。

「い、いえ！　ルイを疎かにしているつもりはないんです！」

「そこまでは言っていませんよ。もしやそのつもりだったのですか……？」

ショックを受けました、といわんばかりの表情。

どうやら墓穴を掘ってしまったようだ。

「なんということでしょう。これは丸一日デートしてくださいませんと立ち直れそうにありません」

「それだけ調子のいいことが言えるのでしたら元気ですよ」

「いえ、空元気です」

「自分で言わないでください！」

このままだと話がうやむやにされてしまいそうだったので、私はため息をついて話題を戻した。

「だいたい私はともかく、ルイがここまで忙しくしているのは女主人がやるべき仕事を肩代わりしているからでしょう？」

「……なるほど、最近悩んでいたのはそのことでしたか」

思わず目をそらしてしまった。

相変わらず察しのいい人だ。でも全部バレたわけではない。正直気恥ずかしいが、気づかれないためにも否定しないでおこう。

「私がその仕事をこなせるようになれば、ルイにもっと時間の余裕ができると思いませんか？」

「ですが、アメリーにはまだ教養の授業があるはずです。無理をして倒れてしまったら、私は貴女をどこかに閉じ込めてしまうかもしれません」

「それは困りますね。閉じ込められてしまったらルイとデートができなくなってしまいます」

そう言った瞬間、イルヴィスは嫌な臭いを嗅いだ猫のような顔をした。凄く嫌そうにしているのだけは分かる。

「分かりました。しかしいきなり全権利を渡すのは荷が重いと思いますので、まずは手軽な物から始めましょう」

「急に手のひらを返すじゃないですか」

おそらくわざと釣られてくれた部分もあるのだろうけど、それでもかまわない。

私だって最初から全部こなそうとは考えていないし、自分の力量は把握しているつもりだ。まずは『権利を任せられるとイルヴィスが判断した』という事実が大事なのだから。

最初の関門を突破できそうなことに安堵しつつ、私は口を開いた。

「その、最初の仕事は私が選んでもいいですか？」

「もう目星をつけているのですね」

「はい。もしよければ、使用人の管理権をいただけませんか」

使用人の管理というのは、主に使用人の配置や勤務時間を決めて労働状況を整えることだ。これなら伯爵家でもやったことがあるから、最初に手を付けやすいはず。

母が面倒がって私に押し付けていたことだが、まさか役に立つ日がくるとは。

「そういえば、使用人の顔を覚え始めたと言っていましたが……確かに良いタイミングですね」

使用人を雇う時、雇用書が主人の手元に届く。そこには勤務経歴や得意不得意なことがおおまかに書かれているのだが、それを見られるのは管理権を持つものと当主だけである。

まずはそれを手に入れて、使用人たちのことを一人ひとり覚える必要がある。彼らの能力を生かせるように采配できれば、おのずと女主人としての力量を証明できるはずだ。

「分かりました。すぐにスザンナに伝えておきますので、今晩にでも雇用書を手配しましょう」

イルヴィスも納得してくれたようで、柔らかく微笑んで頷いて見せた。

「そんな、わざわざスザンナの手を煩わせるなんて……！　渡してくださったら、雇用書くらい自分で部屋まで運べますよ？」

いくら公爵家に仕えている使用人が多いとはいえ、雇用書は紙の束だ。たとえ五百枚あったって、それくらい運ぶ腕力はある。

首を傾げる私に、イルヴィスはハッとしたように口を開いた。

「そういえば、アメリーにはまだ言っていませんでしたね。実は母が亡くなってから、使用人の管理権はずっとスザンナが持っているのです。だから、雇用書も彼女のところにあるんですよ」

「えっ、スザンナが？」

「もちろん最終的な雇用決定は私がしますが、日々の業務は彼女にすべて任せています。そこまで手が回らないというのもありますが、仕事で屋敷を空けるときに対応できる人がいなくなってしまいますからね」

「そ、そうだったんですね……」

家令であるコンラッドはイルヴィスの傍にいる必要があるため、次に役職の高いメイド長であるスザンナが使用人を取りまとめているのは妥当だ。もともとメイド長という役職はメイドをまとめる役割なので、むしろ一番適任と言えるだろう。

それほどの仕事を任せられるなら、イルヴィスはかなりスザンナを信用しているはず。

安堵と同時に、スザンナの私への態度に合点がいく。

彼女は私にマナーを教えている上、管理権も持っているのだ。私の状況を誰よりも把握していたからこそ、公爵家の奥方に相応しくないと思っていたに違いない。

何しろスザンナから見た私はマナーの習得が遅い、ダンスも苦手、使用人が管理権を持っていても気にもしない女だ。しかも私が公爵家に来たせいで彼女の仕事は増えるばかり。スザンナが心からイルヴィスを敬っている分だけ、私に大きく失望したに違いない。

少し考えて、私はイルヴィスに尋ねた。

「管理権のことは、私が直接スザンナに話してもいいですか？」

にっこりと微笑む私に考えがあることを察したのか、イルヴィスは快く頷いてくれたのだった。

「スザンナはメイド長以上の権利を持っていたのね……道理で使用人たちが彼女の意見を尊重するわけだわ」

管理権を持っている以上、今使用人たちが最も気にしているのはスザンナだろう。

何しろ自分の給料と雇用を握られているのだ。顔色を窺っているとまでは言わないが、スザンナの考えに大きく影響を受けるはず。

だから立場をしっかり築き上げるためには、必ず彼女に認めてもらう必要がある。

（ここがスザンナの部屋ね）

緊張を抑えて扉を見上げる。

メイド長であるスザンナは一人部屋を持っており、寝室だけではなく仕事部屋も兼ねている。

昨日、イルヴィスとの話が終わったころにはすでに夕食の時間になっていた。そんな遅い時間に大事な話をするのは躊躇われたので、私は落ち着く時間を作るためにも日を改めることにしたのだ。

覚悟を決めて、扉をノックする。許可を貰って中に入れば、スザンナは淡々とした顔でこちらを見上げた。

「いかがされましたか」

訪れたのが私だと気づくと、スザンナは音もなく椅子から立ち上がって模範的なお辞儀をする。慌てて畏まらなくていいと彼女を座らせてから、私はイルヴィスから貰った手紙を渡した。

……手紙と言っても、権利を渡すようにという内容を簡潔に記したものだけれど。しかしそれに目を通した瞬間、表情が乏しかったスザンナの表情は驚きで埋め尽くされた。

「使用人の管理権、ですか。使用人の身で失礼なことを申し上げますが……それがどういうことか、理解されていますか？」

これほど不信をはっきりと顔に出しているスザンナは初めてだ。その声色はどことなく不快そうで、返答を間違えたら今すぐイルヴィスに直談判しに行きそうな勢いである。

私は慎重に言葉を選びながら、まっすぐスザンナの目を見つめ返した。

「信用できないと思うのは分かっています。これまでの私は自分の勉強ばかりで周りに目を向けられていませんでした。だから一度だけ、それを挽回するチャンスを貰えませんか」

「だから、女主人の仕事である使用人の管理を行いたい、とおっしゃるのですか？」

こちらの真意を探るように、スザンナがすっと目を細めた。簡潔にそれだけ告げられたが、おそらく『それより先にマナーを完璧にしろ』と言いたいのだろう。今の私に使用人の管理は早いと思っているはずだ。

「単なる思い付きじゃないわ。今までスザンナから学んだことを考えて、ちゃんと計画も立てているの」

私だってゆっくり一つずつ進められるのならそうしたい。

でも、後ろ盾も財力もない私にとって、使用人からの評判が低いというのは看過できない問題なのだ。

例えば、今別の雇い先を見つけた使用人が移動したとき、私の話は他の貴族にも届くかもしれない。貴族は噂話が大好きだ。以前のように目立たなかった頃はまだしも、今はイルヴィスの婚約者となったことで視線が集まっている。

特に若い令嬢の中には、この婚約をよく思っていない人も多い。彼女たちに攻撃する口実を与えないためにも、この問題は早急に解決しなければならないのだ。

じっとスザンナの目を見つめていれば、やがて大きなため息が返ってきた。

「アマリア様の考えは分かりました。たしかにここ最近の努力は目を見張るものがあります。しかし管理と一口に言えど、仕事はかなり多様ですよ」

気軽に手を出していい仕事じゃない、と言いたいのだろう。

「分かっています。私もいきなりすべてを渡してほしいとは思っていません。まずはお金が絡まない、労働スケジュールと持ち場周りのことに専念するつもりです」

管理権というのは文字通り、使用人たちの管理をすることである。給金の決定や雇用などを決められるのは人事権だが、金銭が絡むため何かあれば大事になりやすい。だからある程度使用人を把握できるまで、そちらには手を出さないつもりだ。

「私が間違った判断を下してしまったら、遠慮なく止めて構いません。その場合は資格なしとルイに報告して頂いて、私の権利を取り消してもいいです」

「……分かりました、そこまでおっしゃるのであれば」

「！　ありがとうございます、スザンナ。少しでも公爵家に貢献できる存在になりますね！」

スザンナは少しの間、私の目をじっと見つめた。

そしてふっと背を向けたかと思えば、部屋の片隅にある本棚に近づく。スザンナは迷わずそこから両腕で抱えられるほどの箱を取り出すと、再びこちらに戻ってきた。

「この中には、現在公爵邸に仕えている者たちの雇用書がすべて入っております。本日よりアマリア様預かりとなりますが、くれぐれも丁重に扱ってください」

「ええ、大切にすると誓います」

「それでは、お部屋までお持ちいたします」

「あっ、これくらいは一人で運ばせてください！　これは私の仕事ですから」

少し戸惑っているスザンナから慎重に箱を受け取れば、そこそこの重みが腕に掛かった。

どうやら私が知らないだけで、この屋敷にはかなりの使用人が仕えているらしい。

「今週の予定はすでに決まっておりますので、その間に情報を覚えておいてください。本格的な運営は来週からお願いすることになるでしょう」

「分かりました。その時はよろしくお願いします」

「私はアマリア様には多くを求めません。ただ本気であること、それだけを示していただければと思います」

使用人にしてはかなり厳しい言い方だったが、私はむしろより覚悟が決まった。

よし、戻ったらさっそく始めよう！

管理権を任されてからの数日。

いよいよ始まった使用人の運用は想像していたよりもずっと忙しく、そして挑戦の連続であった。

公爵家の大邸宅には多数の使用人が仕えており、その数は伯爵家の二十倍に近い人数である。しかも公爵家の使用人となれば、多芸であったり身分のある者が多い。

そのため雇用書に記されている情報量も比ではなく、名前や特技、経験などを一つ一つ覚えることが最初の課題となった。

(貴族と違って姿絵がないから、本人と雇用書を結び付けるのが一番大変だったわね……)

しかし、暇を見つけては使用人たちに声をかけていった結果、何とか来週の勤務予定を作る前にほとんど一致させることができた。

最初こそいきなり社交的になった私に驚いていた使用人たちだったが、根気強く穏やかに話しかけていれば、ある程度の警戒を解くことに成功した。まだ打ち解けると言うには程遠いが、以前のような敬遠している空気はなくなったのだ。なかなかいい出だしと言えるだろう。

そうしているうちにも時間はあっという間に過ぎ、気づけば上級使用人と初めて顔を合わせる日を迎えた。それも集められるのは、ただの上級使用人ではない。

人数が多い公爵家では、同じ持ち場の使用人で区分して組織化をしている。例えば掃除を担当する者たちは清掃部、厨房を担当する者たちは厨房部といったふうに。

つまり、上級使用人の中でも上の立場にいる存在――各組織で長を務めている者だ。

「この度、使用人の管理権をいただきました、アマリア・ローズベリーです」

私はスザンナと共に広間に赴き、突き刺さる視線を受け止めながら挨拶を済ませる。ここで初めて、使用人たちに管理権が移ったことが伝えられた。

「本日より、アマリア様がお前たちの予定を決めることになります」

スザンナがそう宣言すると、広間に集められた上級使用人たちが驚きと困惑の声をあげた。お互いに顔を見合わせ、小さく話す声が聞こえる。数が多すぎるため、下級使用人はこうして集めることができない。だから下級使用人の上司である上級使用人たちのイメージはとても大事である。

私は彼らのささやきには構わず、微笑みを浮かべて挨拶をした。

「皆さんが困惑するのも理解できます。精一杯向き合うつもりだから、何かあれば遠慮なく言ってくださいね」

一人ひとり視線を巡らせれば、使用人たちは驚きを残しつつも状況を把握し出したようだった。

「は、はい……もったいないお言葉です」

「はあ、わかりました」

「よろしくお願いします、アマリア様」

戸惑ったような声色であったが、ぱらぱらと返事を貰えた。ひとまず、彼らに受け入れられたようだ。

「挨拶も済んだことですし、さっそく最初の仕事を始めましょう。まずは先週の報告からお願いします」

スザンナがそう言うと、使用人たちは慣れたように順番に報告を始めた。毎週の初めにこの集まりがあるらしいので、彼らも慣れているのだろう。

伯爵家ではすべての使用人と直接やりとりをしていたが、公爵家ではこのように各組織の長を介して行われている。私にとっては新鮮だが、実は伯爵家のやり方の方が珍しい。何しろ我が家は家計が火の車だったので、必要最低限どころか人手不足程度の使用人しかいなかったのだ。

まあ、そんな貧乏貴族はうちくらいだから、ほとんどの貴族は公爵家と同じ方針を採っている。ちなみにそのせいで使用人の顔を知らない貴族も多い。というか、雇い主と一度も話さないのも珍しいことじゃないのだ。

(でも、私はやり方を変えたくないわ。働いてくれている人のことは知っておきたいし、人数が多いからって書類上だけの付き合いに止めるのは寂しいもの)

そんなことを考えながらも、私は報告している使用人の情報を思い出しながら話を聞く。

報告が一通り終われば、いよいよ今週の仕事を振り分ける時が来る。緊張が顔に出ないように気を付けながら、私は口を開いた。

「今週の勤務表は私が作ったものです。今週から一部のメイドが教育期間に入るので、いつもより仕事が増えて大変だと思います。もし業務に難しい部分がありましたら気軽に言ってください。翌日に見直した勤務表を改めて渡しますので」

「それは助かりますな。……ふむ。見たところ、我々の清掃部は今のままで問題なさそうです」

「洗濯部も問題ありません。人数を増やしていただきありがとうございます」

真剣に勤務表に目を通していた使用人たちから次々と前向きな声が上がる。スザンナが沈黙を保っているのを見るに、目立ったミスもしていないはず。

（初めて勤務表を作ったけど、うまくいって良かった……！）

私に賢くないという噂があるせいか、変な命令が下されるのではと戦々恐々していた使用人が安心したような表情を浮かべている。少し複雑な気持ちもあるけれど、私はひとまず喜ぶことにした。

（でも、もう一つの指示は受け入れてくれるかしら）

さっきまでのやり取りは、つまるところいつも通りの仕事である。だけど今から私がするのは、彼らに変化を求める提案だ。

実は使用人たちの雇用書を読んでいるうちに、あまり適性のない仕事をしている人が何人かいることに気づいてしまった。主に最近雇われた使用人に起きていることで、おそらくイルヴィスの言う大量雇用が原因だろう。

最初は管理権を貰ったばかりの私がいきなり口を挟んでもいいものかと悩んだが、そんな理由で働きにくくさせるのは本意じゃない。

大丈夫。事前に相談したとき、スザンナは太鼓判を押してくれたんだ！

「それから、もう一つ私から。一部下級使用人の仕事の振り分けだけど、少し配置を変えようと思っています」

「え⁉」

予想通り、使用人たちから驚きの声が上がる。

「といっても、違う部に振り分けるつもりではありません。あくまでも同じ部内で、より個人に向いている仕事に変えるだけです」

「だけ、と言われましても……」

最後まで言葉にされることはなかったが、茶色のスーツに身を包んだ使用人がそう切り出した。他の使用人は口にこそ出していなかったものの、胡乱なまなざしを私に向けている。見栄を張ろうとして余計な口出しをするな、そうありありと顔に書いてある。

「俺たちは今までずっと同じ仕事をやってきました。所属はかわらずとも、仕事が変わったら右も左もわからない者が出てきます」

　スーツの男が続けてそう言った。その声色には苛立ちが滲んでいる。

「そんな大がかりな変更はしないように心がけます。例えば貴方のところに最近入ったハワードという荷運びの新人ですが、そんなに力持ちじゃないでしょう？」

「ハワードのことを知っているのですか？」

　そう言いながら、彼は大きく目を見開いた。

「え？　もちろんですよ。とても足が速い方でしたよね？　だから、彼を大荷物担当から小荷物に変えた方が効率がよいと思ったのだけれど」

「ま、間違いありません。確かにハワードはおっしゃる通りの新人です」

　もしや間違えてしまったのかと思ったが、杞憂に終わってよかった。スーツの男は単に私が新人まで把握していることに驚いたらしい。

「しかし、考えてみればそうですね……ハワードが重そうに荷運びをしていたところを何回か見かけたこともありますし、彼の足を生かせていなかったのかもしれません」

　しばらく考え込んでいた様子の男は、突然ハッとして顔色を変えた。

　まあ、荷運びしているところをじっと見ていたわけではないだろうし、新人なら自分から言い出せなかったはず。気づかなかったとして、責められるようなことじゃない。そもそも、こういった適性に合う仕事を振り分けるのは私の仕事だ。

「ふふ、上司の貴方がそう言うのなら、私も安心して仕事を振り替えられますね」

「いえ、むしろこちらから申し出るべきところ、大変恥ずかしいかぎりです」

スーツの男が深々と頭を下げる。

ひとまず切り抜けられたことに胸を撫でおろしつつ、彼に頭を上げるように促す。再び顔を見せた男の表情にはもう苛立ちはなく、彼がちゃんと納得できたことが私にも伝わってきた。

もちろんそれは他の使用人も同じで、私に向けられていた視線が幾ばくか和らいだ。

しかし、穏やかになりかけていた空気を壊すように棘のある声が響いた。

「ですが、権利を貰ったばかりのお嬢様がいきなり変えるのですか？　今のはたまたま対応が当たっていたのかもしれませんが、他もうまくいくとは限りませんよ」

不満そうにこちらを睨むのは料理長だ。恰幅の良い彼は三十代半ばの男性で、その体型とは裏腹に目はぎょろっとしている。

「判断が難しい場合は本人と上司であるみなさんに聞くつもりです。もし不満があれば、すぐに配置をもとに戻します」

「しかしお嬢様、今までずっとこの状態で上手くやってきたんです。わざわざ仕事を変えて混乱させなくてもよいのでは？」

面倒くさいという顔を隠すこともせず、料理長がなおも食い下がった。だがその言葉は、意外にもスザンナに遮られてしまう。

「言葉に気をつけてください、料理長。使用人はそもそも主人の判断に従うべきです。それに、アマリア様は理由も含めて私たちに説明いたしました。貴方も反対するのであれば、しっかり理由を挙げてください」

同じ使用人でも圧倒的に信頼されている上、人事権を握っているスザンナの言葉は重い。料理長はとっさに良い言い訳が思い浮かばなかったようで、気まずげに目をそらして黙り込んだ。

（あ……かばってくれた？）

スザンナは公平さを主張しただけだろうが、それでも私はとても嬉しかった。しかもこのやり取りのおかげで、そのあとの話はかなりスムーズに進んだ。スザンナの影響力を目にしつつ、私も負けないように気合を入れ直す。

とはいえ、初回から大きく変更をするつもりはない。いきなりたくさん変えたら効率どころかかえって混乱を招きそうだし、ひとまず特に目についたところ数か所に止めることにした。

しばらくこの体制で進めて、報告で他に問題が上がったらまた調節しよう。その時は宣言通り、本人たちと相談して決めていくのもいいかもしれない。

第二章 ― 悩んだ想いは宝石になる

　最初の仕事を皮切りに、私は徐々に使用人たちとの関わりを増やしていった。

　あまり良くない噂が流れていたせいか、はじめのうちは警戒されて渋々新しい仕事を始めた使用人たちだが……すぐに以前よりも働きやすいことに気づき、前向きに向き合ってくれるようになったのだ。

　公爵邸では今まで、雇用書を重視した配置で各々に仕事が振り分けられていた。そのため、めったに持ち場を変更することはない。新しい試みに最初は眉をひそめていたスザンナだが、少しずつ上がっていく仕事の効率を目にしてかなり驚いていた。

（気のせいかもしれないけど、最近はあの冷たい雰囲気が柔らかくなった気がするのよね）

　それ以外にも、使用人たちとも徐々に距離を縮めることができている。配置変更などで相談に乗っているうちに、私のイメージは彼らの中で大きく変わったようだ。以前とは違い、今では気軽に話しかけてくれる人も増えている。

　それこそこんなふうに、廊下でメイドたちと楽しくおしゃべりをすることも珍しくない。

「ずっと膝を痛めていたのですが、座り仕事になったおかげでずいぶん楽になりました。アマリア様には感謝しかありません」

年嵩のメイドがそう言うと、他の若いメイドが勢いよく頷いた。

「本当に相談に乗ってくださってありがとうございます。掃除に変わってから、仕事が遅いと叱られることもなくなりました」

「上手くやっているみたいで私も嬉しいです」

私の顔色を窺うことなく、楽しそうに話しかけてくれるメイドたちに心が温かくなる。もう以前のような刺々しい空気はない。

「冷たい方と誤解をしていたのが申し訳ないです。こんなにも心を傾けてくれる貴族はアマリア様だけですよ！」

そんなことを正直に言ったら、不敬だと罰せられてもおかしくないというのに。私はそんなことをしないと信じ切っているからこその謝罪に、私も自然と笑顔になれた。

「いいえ、自分のことで精一杯だった私が悪いんです。誤解をされても仕方ありませんよ」

「そんなこと言わないでください！　私たちのような下級メイドにも話しかけてくださるし、おかげでずっと働きやすくなりました」

悪意のない言葉に、少しだけ肩の力が抜けていく。

教養の勉強やダンスではうまくいかないことが多かったから、こうして認めてもらえたことが本当に嬉しい。やっと目標の自分に一歩近づけた気がして、気持ちが上を向く。

よし、この調子で私の印象を変えていこう！

そして使用人の管理を始めてから一か月。

仕事の傍ら、マナーの勉強やダンスとの両立で奮闘している私を励ますように、使用人たちの仕事ぶりが以前から明らかに変わっていた。

「アマリア様！　おはようございます。すっかり涼しくなったので、生けているお花を変えさせていただきました。秋に一番綺麗に咲くんですよ」

「おはようございます。屋敷中の花を全部変えてくれたのですね。廊下が華やかになって気持ちも晴れやかになりました」

廊下で掃除をしていたメイドの報告に笑顔を返す。彼女はかなりの花好きで、庭師に負けないくらい熱心に知識を集めている子である。

以前は部屋掃除を任されていたのだが、花好きという趣味を聞いてから配置を変えたのだ。おかげで屋敷内の代わり映えのない花瓶も、今では季節を考慮した花に彩られてすっかり雰囲気を変えている。

（こういう細部のこだわりが大事って、スザンナも言っていたものね。……まあ、ルイはめったなことでは他人を屋敷に入れないけど）

こういった変化がいろんなところで起きているので、公爵邸自体が以前より明るい雰囲気になっているのだ。

使用人たちの笑顔は増えて、事務的だった彼らの対応も心温かいものになっている。すれ違えばサッと目をそらされていたころが懐かしい。

「すっかり人気者ですね、アメリー」

「ルイ！」

食堂に向かおうと足を進めていると、ちょうどその先からイルヴィスが現れた。

朝日を反射する銀髪は天使の輪が載っていると錯覚するほど神々しく、私と目が合った瞬間涼しげな美貌が甘やかにとける。

予想外の出会いに鼓動が速くなるのを隠して、私は歩調を速めてイルヴィスに近づいた。

「食堂は逆ですよ？　こちらに何か用事でもあるのですか」

「たった今、その用事が済んだところです」

「あ、それなら一緒に食堂に向かいませんか？」

なんていいタイミングだろうか。

しかし、当のイルヴィスは拗ねたように形のいい眉を下げたのだった。

「アメリーに会いたかった、という意味ですが」

「へっ⁉」

予想もしなかった言葉に、私は声を裏返させて固まった。

「……え、あ、ごめんなさい……わ、私も会いたかったです」

「伝わらなかったようなので、次からは抱きしめてストレートに伝えることにします」

「い、いえっ、適切な距離でお願いします！」

心の準備もなく抱きしめられたら、頭が真っ白になって言葉なんて耳に入るはずもない。

私は言いくるめられる前に、さっさと話題を変えることにした。

「もうすぐ朝食だから、こんなところでお会いするとは思いませんでした。その、いつもは食堂で待っているじゃないですか」

イルヴィスはその言葉にわずかに目を丸くすると、ゆるりと目を細めて艶っぽく笑った。

そしてエスコートするように優しく私の手を取ると、わずかに身をかがめてこちらに顔を近づけた。思わず後ろに下がってしまいそうになるが、手をひかれて逆に距離が詰まってしまう。

「こんな風に屋敷を華やかに変えてくださったのはアメリーでしょう？」

「い、いえ……使用人の皆さんの、おかげです……」

そう言いながらも、イルヴィスは私の手の甲を親指で撫でている。意識がどんどんそちらに引っ張られて、話が半分も入ってこない。

……くすぐったいのもそうなのだが、なんだか背中がぞくぞくして居心地が悪いので止めてほしい。

「至る所から貴女の気配がして、寂しくなってしまったんです。どうしても我慢できなかったので、つい」

「つい、って」

私が言葉に詰まっていると、イルヴィスは悪戯っぽく笑って身をかがめた、その次の瞬間。

私の手の甲に口づけを落とされた。

「る、るい！？！？」

状況を把握した瞬間、凄い勢いで顔に熱が集まるのを感じた。形のいい唇が触れた手の甲は燃えているように熱く、それなのにイルヴィスはまだ放してくれない。

そんな私を、イルヴィスは叱られた仔犬のような視線で見上げていた。

「ごめんなさい……許していただけませんか？」

「ゆ、許しますっ！　なんでも許しますので、とにかく離れてくださいっ！」

「そんな、離れるのなら放したくありません」

ついさっき許しを乞うていた人とは思えない態度である。

「ご、語弊ですっ！　私はただ、少し距離が欲しいだけなんです！　このままじゃ心臓が止まってしまいます！」

「それなら仕方ありませんね」

とても残念そうな顔をするイルヴィスを無視して、解放された手を守るように抱える。

そしてたっぷり人間二人分の距離を保ったまま、一緒に食堂に向かう。

近づくなという空気を察してくれたのか、イルヴィスも無理に詰めたりせずに歩いてくれた。

「アメリー、これは何の空間ですか」

「今の私たちの心の距離です」

イルヴィスはそんな私の言葉に小さく笑うと、空気を変えるように明るい声を出した。

「さっきはあんなことを言いましたが、屋敷の変化には本当に驚いているんですよ。もちろん、いい意味で」

イルヴィスは使用人たちにあまり興味を持っていないはずだが、それでも気づいていたようだ。

「こんなに屋敷が暖かくなるとは思いませんでした。私には一生手に入らないのだと諦めていたのに、アメリーはいつも希望をくれる」

なんて答えればいいか分からなくて、私はそっと開けていた距離を詰めてイルヴィスの

手を握った。恥ずかしくてとても顔を見られないけど、小さく息をのんだ音は耳に届く。

「ふふっ、心の距離が縮まりましたね」

そして流れるような動作で指を搦めとられて、強く手を繋がれてしまった。まだ心臓は落ち着いてくれないけど、今だけは我慢しよう。

「……私というより、優秀な使用人たちの力ですよ」

悪い噂ばかりだった私の指示をも受け入れて、真剣に向き合ってくれたからこんなに変化したのだ。

「使用人が力になったのは、アメリーが本気で頑張っていたからですよ。理由もなく適当にやっていたら、間違いなく失敗していたはずです」

「ルイにそう言ってもらえると、本当に嬉しいです」

その言葉に心から温もりが広がる。表情を緩める私に、イルヴィスが柔らかな笑みを浮かべた。

「謙遜することはありませんよ。……実は、そろそろ次の段階に進んでもいいと思っていたんです」

「次の段階？」

「雇用や給金の管理も、アメリーさえよければやってみますか？」

弾かれるように顔を上げれば、優しい笑みを浮かべたイルヴィスがいた。

「それは、私が公爵邸の使用人の人事権を持つということですか⁉」

「はい。今のアメリーなら安心してお任せできます。そもそもいくらスザンナとはいえ、メイド長が私の婚約者より高い権限を持っている状況は、ないに越したことはありませんから」

その言葉に、やっぱりかと納得する。

使用人が主人より高い権限を持っていたら、当然下に見られるようになる。それでもイルヴィスが何も言わなかったのは、それだけスザンナを信じていたからだ。彼女ならそんな邪な考えを持たないから、私が仕事をせずに勉強に集中できると思っていたのだろう。要するに、私はイルヴィスに甘やかされていた。

「もちろんアメリーのタイミングで構いませんので、無理はしないでくださいね」

「いえ、喜んでお引き受けいたします！」

予想より遥かに早い前進に、私は逸る気持ちを抑えて食堂に向かった。なお朝食の味は全く覚えていない。

急いで食事を終えた私は、急ぎ足でスザンナの部屋に向かった。本当なら呼び出した方が貴族らしいだろうけど、書類は彼女の部屋にあるので二度手間になってしまう。それに知らなかったとはいえ、今まで仕事をやってくれていた人を呼び出すのは何だか気が引けたのだ。

久しぶりに訪れたスザンナの部屋の前で一つ深呼吸をして、扉をノックする。

中に入れば、前回と同じように書類仕事をこなしている彼女の姿があった。しかし、今度は私の顔を見てわずかに微笑んでくれたのだ！

ほんの少しだけど、確かに口角が上がっていた。絶対に見間違いじゃない。小躍りしたくなるのを堪えて、私は何でもない風を装って用件を伝えた。

「人事権の引き継ぎですね。分かりました、少々お待ちください」

前回の緊張感とは打って変わって、スザンナは驚くほどあっさりと首を縦に振った。心なしか、彼女が纏う雰囲気もいつもより柔らかい気がする。

そんな私の戸惑いをよそに、スザンナは雇用書と同じ本棚から分厚い本を一冊取り出した。

「こちらが公爵家の雇用や給金に関する記録です。一冊につき一年の給金状況と雇用契約の情報が記録されております」

「あ、ありがとうございます。これは今年の記録ですか？」

「さようです。今年の春から先月まで、私が一か月ごとに整理して記録しております」

私は記録を受け取り、ぱらぱらとページをめくって軽く目を通す。緻密に記入されている数字や日付などの情報はスザンナらしい細かさだ。

（ルイの言う通り、私が屋敷に来る直前にたくさんのメイドが雇われているわね）

それまで人の雇い入れはほとんど無かったから、ここ数か月の変動はかなり大きい。私は少し考えて、スザンナに声をかけた。

「しっかり勉強してから手を付けたいのだけど……過去の記録も何冊か借りられますか？直近の二、三年分で構いません。保管には気を付けるから、お願いできませんか」

使用人の給金なら伯爵家でも母に代わって何度かやったことがあるが、残念ながら雇用に関しては完全に初心者である。

やっと少し認めてくれた人を失望させないためにも、しっかり準備を整えてから始めたい。だが重要文書にもあたる物だ。簡単に何冊も急に保管先を変えていいものか。もしもの場合は迷惑承知でスザンナの部屋で読むことになるが――

「そういうことでしたら問題ありません。直近五年分までならお渡しできますが、目を通す時間が必要でしょうから、今月分は変わらず私がお付けしましょう」

珍しく、スザンナが言いにくそうに口ごもった。

「ちょうど記録を整理するところでしたが……もしお時間がありましたら、アマリア様も隣でご覧になりますか？」

「……！　ありがとうございます、ぜひ立ち会いたいです」

これはきっと、説明してくれるということだろう。

願ってもない申し出に、私は二つ返事で頷いた。実際に記録を作成していたスザンナが教えてくれるのはとても心強い。もう一度お礼を言うと、私は邪魔にならないように机の端に座った。

そんな私をしり目に、スザンナはそそくさと机の上に広げていた書類を片付けていた。ちらっと眼に入った内容は給金の記録とは関係なさそうだったので、どうやらスザンナは気を遣ってくれていたようだ。

他の仕事をやっていたところに申し訳ないけど、今さら断ってもかえって迷惑だろう。私は再度お礼を言って、スザンナの準備が整うのを待った。

(そんなに時間はかからなそうだけど、先に他の記録に目を通しておこうかしら)

古い分は時間があるときに確認するとして、まずは今年の記録から読み始める。今雇われている使用人の情報はすっかり覚えたので、予想よりもすんなりと数字が頭に入ってきた。

程なくして、準備を整えたスザンナが資料を手に私の隣に座った。

そして手に持っていた資料を机の上に広げると、私にもわかりやすいように指さしながら教えてくれた。

「まずは屋敷で働いている使用人と役職を確認します。最近は人の入れ替わりが激しいので、間違えないように気を付けてください」

「わかりました」

何ページにもわたる文字列を一つひとつ確認していく作業は、想像よりも集中力を要するものだった。使用人たちの情報を思い出しながら、記された勤務日を確かめていく。

「……あれ？」

慎重に目を通していると、ある名前と金額が目に留まった。記録によれば、どうやら厨房で新たに雇われた料理人の名前らしい。目立った違和感はないが、私は思わず首を傾げた。

なぜなら、スザンナに渡された雇用書にそんな名前がなかったからだ。

「どうかされましたか？」

スザンナに声をかけられて、少し迷いつつも素直に打ち明ける。

私が覚えていないだけかもしれないけど、本当に間違いだった時に困るから黙っている必要はないよね。

「この新しく雇われた料理人ですが、彼の雇用書を見なかったような気がして……」

記録をスザンナに見せれば、彼女は驚いたように目を丸くした。

「その方は確か、先週急遽採用された方ですね。人手が足りないと料理長が強く推薦したので採用しましたが、急だったものでまだ雇用書が私の手元に届いていないのです。来週には届く手筈ですので、すぐにお渡しするようにいたします」

「そうだったのですか。手違いなどではなくて良かったです」

私が公爵家に住むようになって、多くの使用人が雇われている。きっとその分の料理を作るのが大変なのだろう。

しかし、増えた貴族といえば私だけである。そんなに食べる方ではないし、こだわりがあるわけでもない。そんなに急ぎで雇い入れる必要があったのだろうか……？

「それにしても、よくお気づきになりましたね？」

「あはは、見覚えのない名前だったから、少し気になっただけです」

「え……まさか、使用人の名前をすべて覚えたのですか……!?」

「え？　ええ、雇用書がある方だけですが、できる限り覚えるようにしています」

信じられないものを見たような顔をしているスザンナに戸惑いつつも答えると、なぜか重い沈黙が返ってきた。

……もしかして、公爵家では使用人と過剰に関わるのは良くないのだろうか。貴婦人らしくない行動を咎められるかと恐る恐るスザンナを見れば、意外にも怒っている様子はなかった。

「……どうやら、評価を改める必要がありそうですね」

「えっと、何の評価ですか……？」

話が読めなくて、恐る恐る聞き返す。まさか、できる限り覚えるという言い方がよくなかったのか。意欲が低いと思われてしまっただろうか。

しかし、私の問いかけにスザンナはそれ以上何も言わなかった。でも満足そうにしているから、間違ったことはしていないと信じたい。

（使用人と仲良くなっても問題ないなら、この調子で厨房部の方たちにも挨拶したいわね）

私が気に入らないらしい料理長にはまだ距離を置かれているので、あまり厨房の使用人たちと関わる機会がなかったのだ。せっかくのチャンスだし、一度顔を出してもいいかもしれない。

次の日、私は厨房が最も手が空く、お昼過ぎを見計らってさっそく足を運んだ。

新しく採用された料理人のことはもちろん、いまだに距離がある厨房に配置された使用人たちとも話してみたい。

「ここが厨房ね」

いきなり入るのはためらわれ、私は入り口から中を覗き込んだ。

さすが公爵家の厨房というべきか、伯爵家での私の部屋よりも広く、食材の搬入のためか外に出るための大きな扉があった。まず目につくのは隅にある大きな石造りの窯で、近くにはいろんな食材や調理器具が並んでいる。壁際には木製の棚が連なり、様々な食材や香辛料が所狭しと置かれていた。

思わず感嘆の声を上げてしまいそうになるが、ぐっとこらえて中に声をかける。

「こんにちは、料理長。少しお時間を貰ってもいいですか？」

忙しなく働いていた人たちが一斉に視線をこちらに向ける。十何人もの使用人の中で、見覚えのある顔が私に近づいてきた。

「これはこれは、アマリア様ではありませんか」

存在感が強いお腹を揺らしながら、料理長が張り付けたような笑顔で挨拶をした。

「ご令嬢がこんなところに近づくなんて、デザートのリクエストですか？」

そう言う料理長の瞳には冷たさがあった。

衛生を気にして貴族が厨房に立ち入ることを嫌がる料理人は多いので、彼もそのタイプなのだろう。顔合わせだけしたら早めに切り上げた方がいいかもしれない。

「食事にはとても満足しています。今日ここに来たのは、新しい料理人が来たと聞いたからです」

「ふむ、わざわざいらしたということは、彼が何か粗相を？」

料理長は顎を撫でながら、こちらの様子を窺うような視線を送ってきた。誤解させてしまったと思って、私は慌てて否定する。

「いえ、違います！　まだ彼の雇用書が届いていないから、どんな人か知りたくて直接会いに来ただけなんです」

「あー、それはすみませんでした。早めにメイド長に渡しますので、そちらで確認してください」

「それでしたら、直接私に渡してください。もうすぐ人事権が全部私に移管されるので」

「……は？」

ぎょろっとした目を落としかねないほど驚いてみせた料理長だが、すぐに我に返ると次々と質問を繰り出した。

「そ、それは、今後アマリア様が給金や雇用を管理するということですか？」

「え、ええ」

「で、では、あのメイド長はどうなるのですか!?」

あまりにも焦っている料理長の勢いに、私は呆気にとられた。

もしかして、私が使用人に関する権利をすべて手に入れたことで、クビにされると不安がっているのかな。もし料理長が私の悪い噂を信じているのだとすれば、十分にあり得る話だ。

やはり、ここでも早めに印象を変えなければならない。

「スザンナには今まで通り、メイド長として勤めてもらうつもりです。私が譲り受けたのはあくまでも女主人の権限だけなので」

「あ……そ、そういうことでしたか。すみません、驚いたとはいえ、見苦しい姿をお見せしました」

「私こそ説明不足でごめんなさい。でもそういうわけもあって、一度新人に会いたかったのです。せっかくだから、他に厨房で働いている方にも挨拶していきたいのだけど」

そう言いながら厨房の中を見ようと視線を向ければ、すっと料理長が立ちはだかった。

肉付きのよい彼が目の前に来ると、まるで壁のように視界を塞ぐ。

「お気にかけていただくのは光栄ですが、ご令嬢が厨房に関わるものじゃありませんよ。うちはみんな汚い格好をしているので、困らせないでやってください」

明確な拒絶だった。

職人気質とプライドによるものだとなんとなく理解はしたものの、こうも不信感を出されていては無理に詰め寄ることはしたくない。

思えば管理権の時も、最後まで反対していたのは料理長だった。

あの時は私の悪い噂があったし、料理長がいまだにそれを真実だと思っている可能性は十分ある。厨房部の人は仕込みなどでどうしても厨房にこもりがちになってしまうし、他の部署の人も厨房に立ち入らないのでかなり閉鎖的だ。

（……これ以上食い下がっても意味なさそうね）

今日はもう挨拶することはできないと悟った私は、大人しく厨房を後にするしかなかった。

「忙しいところにすみませんでした。他の方にもよろしくお伝えください」

しかし、ここまで取りつく島がないとは思わなかった。このままだと何回行っても追い返されるだけだろう。

そう悩みながら歩いていたせいか、山のような洗濯物を抱えたメイドが向かい側から来ていることに全く気がつかなかった。

案の定というか、私は廊下をふらふらと蛇行しながら進む彼女とぶつかってしまう。幸いにも衝撃は洗濯物に吸われてお互い転ぶことなく、その洗濯物も床に落とすような事態にはならなかった。

「あ、アマリア様!?　す、すみませんでしたっ！」

「謝らないでください、完全に私の不注意でした。怪我はありませんか？」

「い、いえっ！　私はぜんぜんっ！　アマリア様こそ大丈夫ですか？」

メイドは洗濯物を抱えたままペコペコと何度も頭を下げている。問題ないと顔を上げさせようとしたが、彼女は今にも泣きそうな声で続けた。

「で、ですが、アマリア様の顔色が悪いように見えます。私がぶつかってしまったから

「……」

「それくらいで具合が悪くなるほどか弱くないですよ」

「では体調を崩しているということですよね⁉　だ、旦那様にご報告しないとっ」

重たそうな洗濯物を抱えたまま走り出そうとしたメイドを急いで引き留める。そんな状態でイルヴィスのところに行ったらとんでもない大騒ぎになってしまう。

「待って、落ち着いてください！　ただ考え事をしていただけで、私はとても元気です！」

「か、考え事ですか？　アマリア様をそんなに悩ませる問題なんて……何か私にできることがあれば、遠慮なく話してくださいね！」

「ありがとうございます。貴女が楽しそうに働いている姿を見るだけで、私も元気を貰えていますよ」

そこまで言って、私は彼女の役職を思い出した。確か洗濯メイドは厨房にも入れるはずなので、料理長の人となりについて何か知っているのかもしれない。

「そういえば、厨房に新しい料理人が雇われたそうですね。洗濯物が増えて大変、ということはありませんか？」

さすがに直球で聞くわけにもいかず、あくまでも彼女の仕事に触れる形で切り込んだ。

しかし当たり障りない話題を選んだのにもかかわらず、メイドはひどく不思議そうな表情を浮かべた。

「えっと、新しい料理人なんて入っていないと思いますが……」

「――え」

まさかの答えに、私は思わず素で反応してしまった。強張った表情で固まる私に、メイドが慌てたようにフォローを入れてくれた。

「も、もしかしたら私が気づかなかっただけかもしれません！　はは、やだなあ……私の持ち場は厨房なのに、ぜんぜん新人さんに気づきませんでした！　昔からおっちょこちょいって言われるんですよね！」

メイドは顔を青くして言い募ったが、言葉を重ねる度に私の心に影が落ちる。

（厨房の洗濯物を受け持っているのに、一度も姿を見ていないなんてありえるのかしら）

彼女の態度からも、立場から考えても嘘をつくメリットはないはず。

しかし、それでは――。

メイドの言葉を信じるのなら、新しい料理人なんて存在しないことになる。

スザンナと料理長の言葉を信じるのなら、新しい料理人は確かに雇われている。

厨房に入って本人に会えれば済む簡単な話なのに、料理長が私を厨房から遠ざけるせいでややこしい問題に発展している。誰かに相談しようにも、最も適任であるスザンナが当事者になってしまっている。他の使用人にこんな大事な話を打ち明けるわけにもいかない。

(でも、女主人の仕事でイルヴィスを煩わせるようなことはもっとしたくないわ)

せっかく期待してもらえているのに、がっかりさせるようなことはできない。

ドッと疲れるのを感じながら、私はメイドにお礼を言ってその場から離れた。


数日の間、私は特大の悩みを抱えながら勉強やダンスの授業を受けることになった。

ちゃんとした解決策はまだ思い浮かばないけど居ても立っても居られず、私は時間を見つけては厨房の近くで働いている使用人を捕まえて話を聞いた。

困ったことに誰も厨房に立ち入ったことがないらしいが、それでも全員新人が入った様子はないと答えている。

目撃情報が弱いのが苦しいけど、ここまで来れば私としては料理人の存在はかなり疑わしい。それなりの人数に話を聞いたけど、一人も見かけていないのはいくらなんでもあり得ないと思う。

(……料理人に直接会わせてもらえないのなら、雇用に関わった人と話せば何かわかるかもしれないわね)

書類を偽装する不届き者を屋敷に入れないため、公爵家は外部で使用人の面接を行う。

ちなみに雇用担当という役職が誕生したのは、イルヴィスに一目会いたいという令嬢の応募が殺到したためである。

イルヴィスの人気から生まれた雇用担当の仕事は、届いた推薦状や雇用書を選別し、応募者のもとに出向いて面接することである。

ちなみに、雇用担当の面接を通った人の雇用書だけがスザンナのもとに届けられ、その中から必要に応じて選ばれた者が雇われるのだ。もちろん雇う雇わないの最終決定はイルヴィスが行うが、却下されることはあまりないらしい。

そういうわけで、スザンナとイルヴィスは雇われるまで新人に会うことはない。特にイルヴィスは進んで会おうとしない限り、実際に顔を見る機会がないことも多いだろう。

(仕事柄、雇用担当はあまり屋敷にいないから私も初めて会うのよね)

運よくスザンナを通して約束を取り付けられてよかった。

雇用担当の事務室につくと、私はさっそく扉をノックした。

「ええ、どうぞ」

返ってきたのは、少し神経質そうな女性の声だった。心なしか、どこか聞き覚えのある声に首を傾げつつ、私は笑顔で中に入る。

「忙しいところにごめんなさい、クラーク夫人」

スザンナから聞いた名前を口にすると、椅子に座っていた女性が顔を上げた。銀縁の眼鏡にきつめの顔立ち。彼女が雇用担当のジャネット・クラーク子爵夫人で間違いないだろう。

「あら、あたしのことは知っているのね。じゃあ話は早いわ。あたしは忙しいからね、早く用件を言ってちょうだい」

クラーク夫人はフンと鼻を鳴らすと、私に視線も向けず何かの書類を読み始める。本来咎めるべきだろうが、それよりも信じがたいことが私の意識を奪った。

（この声、やっぱり……！）

あの日、廊下でメイドに絡んでいた女性とまったく同じだ。よく見れば、きっちり結わえられた髪も同じ青色である。その無礼さが目立つ口調だって、限りなく近い。

動揺を顔に出さないように気を付けながら、私はクラーク夫人の表情に注意して話を進めていく。まだ彼女について知っていることが少なすぎる。一度向こうの出方を窺った方がいいだろう。

「新しい料理人の雇用書がまだ私のところに来ていなくて……クラーク夫人なら何か知っているかもしれないって思ったんです」

「それなら確認したら渡すって言ったじゃない。全く、公爵家の奥方にもなるのにせっかちだねえ」

うーん、ここは裏表がない性格だと考えるべきだろうか。ずいぶんと歯に衣着せぬ言い方をする人だ。

「でもタイミングがいいわね。ちょうど今確認を終えたところだよ、ほら」

「あ、ありがとうございます」

さっきまで読んでいた書類が私の求めていた雇用書だったらしい。予想よりもすんなり渡されて、戸惑いつつも軽く目を通した。

(……特に変なところはない、わね。じゃあ、料理人は本当に雇われているということかしら)

クラーク夫人の反応から考えても、料理人の存在を疑問に思っている気配は全くなかった。でも、使用人たちが一人も目撃していないという事実は無視してはいけないと思う。かといって、正直に聞くわけにもいかない。私はできるだけ自然に聞こえるように、明るい声で尋ねた。

「クラーク夫人はこの新しい料理人と会ったことがあるのよね？　彼の得意料理が知りたいのだけれど、ぜんぜん会えなくて」

するとクラーク夫人は一瞬固まったが、すぐに表情を取り繕った。

「それは料理長に言って。あたしは彼の雇用書を作っただけだから、何も知らないわ」

「え？　公爵家の使用人はすべてクラーク夫人が直接会って選別しているはずでは？」

「え、ええ！　いつもならそうなんだけど、どうしても急ぎだっていうから……あたしも料理に詳しいわけじゃないし、今回だけ料理長の推薦を採用したんだよ！　ちゃんと人格に問題がないのは調べたわ」

とっさに思い付いた理由をそのまま口に出している人の話し方だ。ウィリアムがよくこんな風に言い訳をしていたから、私はすぐに違和感に気がついた。

クラーク夫人が何を誤魔化そうとしているのかは分からないが、こうも料理長のことを口に出すのなら、彼もやはり何か隠しているのかもしれない。一気にきな臭くなってしまった。

「もう用は終わったね？　次の予定が迫っているから、早く出ていきな」

「……待ってください、クラーク夫人。もう一つ聞きたいことが」

私を追い出したがっているクラーク夫人を無視して、気になっていた質問を投げかける。

「何を？」

「この雇用書に料理人の得意料理が書いてあるのですが、どうしてさっき分からないと答えたのですか？」

そう言った瞬間、クラーク夫人の顔色が面白いくらいに変わった。だけど、さすがに人と話すことを仕事にしているだけあって、彼女はそれ以上取り乱すことはなかった。

「あたしは料理に詳しくないと言っただろう。そんな小難しい料理の名前なんて覚えちゃいられないよ」

それは公爵家の雇用を一人で請け負っている人間の言葉だとは思えなかった。

もうこれ以上聞いたところで何も得られないと悟った私は、警戒されないようにひとまず納得したふりをする。スザンナとどても相性が悪そうだが、よく今までやってきたものだ。この間の陰口から考えるに、私を馬鹿だと見下しているからこの態度をとっていて、スザンナの前ではきちんと猫をかぶっているのだろうか。

追い出されるようにクラーク夫人の部屋を出て、私は少し考え込む。

（あの反応を見る限り、クラーク夫人は何か関わっているに違いないわ）

何度も名前を出された料理長も、頑なに厨房に踏み入れさせない態度はかなり怪しい。だけどスザンナについては、ほぼ関係ないと考えていいだろう。

だって彼女が関わっていたのなら、わざわざ私に給金の記録のつけ方を見せるようなことはしなかったはずだ。もし彼女が不正に関わっているのなら、わざわざそのような重要な情報を私に提供するはずがない。記録のつけ方を知っていると、存在しない人物がいればそれに気づく可能性が高まる。

（それに、スザンナは進んでクラーク夫人と会わせようとしてくれた）

彼女がこの一連の事件について何かを知っていたとしたら、敵対する人物との接触を促すような行動は取らないだろう。

これらの点を考えると、スザンナは不正とは無関係である可能性が高い。私は心の中でスザンナに対する疑念を薄めた。

（……でも、ここまで来るとルィに直接相談すべきね）

さすがに私一人で抱えきれる規模じゃなくなってきたし、これ以上意地を張っても仕方ない。イルヴィスは仕事でまだ帰ってこないけど、それまで自分の部屋でもう一度考えを整理しておこう。

結局、イルヴィスが帰ってきたのは夕食の時間ぎりぎりだった。

豪華な料理は香りだけで空腹感を刺激するが、私の心は全く食事の気分じゃなかった。すぐにでも打ち明けたかったが、人目があるところじゃそうもいかない。

（う……食事時だから余計に料理長のことが頭を過る……）

料理長もクラーク夫人も長い間公爵家に勤めてきた使用人だ。私の勘違いで余計な争いを生んでしまったらどうしよう。

一口食べるごとに料理長の顔が思い浮かんでくるせいで、余計に気が重くなる。

……そんな私の様子が明らかにおかしいからか、イルヴィスがじっとこちらに視線を向けている。まったく手元を見ていないのに、少しも零さずに食べられるテーブルマナーには感心する。するが、美形の無言の圧力は強すぎるのでやめてほしい。

（これ以上考え込んでも仕方ないわね。よし、女は度胸！）

食事が終わったころを見計らって、私はイルヴィスに声をかける。

「ルイ、ちょっと相談があるのですが……お時間がありましたら、ガゼボに行きませんか」

そう言った瞬間、イルヴィスは照明が負けるほど眩しい笑みを浮かべた。待ってましたと言わんばかりの態度に、犬のしっぽが揺れる幻覚まで視えそうだ。

「ついに私を頼ってくださるのですね!!　もちろん時間はあります！」

あまりの喜びように、あんなにも悩んでいた自分が馬鹿らしく思える。私は苦笑いを浮かべて、誤魔化すように頬をかいた。

「その、自分で頑張ると言った手前、大変申し訳ないのですが」

「アメリーの場合、他人に甘えるということも立派な努力です。貴女は一人で背負う悪い癖があるので」

「……これでも、結構甘えていますけど」

「個人的に、私無しでは生きていけないほどアメリーを甘やかしたいと考えております」

「それはぜひ個人的な考えに止めてください」

少し不穏な会話をしながら、私たちはガゼボに移動した。いつもここに来ると自然と二人きりになっていたので、今回も使用人が私たちの後をついてくるようなことはない。イルヴィスが食後のお酒を勧めてきたが、冷静な状態で話したいので断らせていただいた。

念のためもう一度人気がないことを確認して、私は少し声を潜めて事の成り行きを簡潔に説明した。新しい料理人の話、メイドたちの話、そして雇用担当のクラーク夫人とのやり取りまで、なるべく客観的に。

「それは……大変なことになりましたね」

しかし話を聞き終えたイルヴィスは、いつも通りの微笑みを浮かべていた。少しも驚いていない様子だけど、すでに知っているのだろうか？

(でもイルヴィスはそういう問題を放置する人じゃないわ)

考えが読めず、思わず首を傾げる。そんな私に優しい眼差しを向けながら、イルヴィスは長い指先でテーブルをトントンと叩く。

「この場合、まず考えられるのは横領です。存在しない人間をあたかも居るように偽装して雇い、その分の給金を抜き取る手法ですね」

「お、横領⁉」

思ったよりも大きな声が出てしまい、慌てて口元を押さえる。

「で、でも、それって難しいのでは？　一人じゃまず成功しないですし、不正をするような人が何人も公爵家にいるとは思えません」

「そう言っていただけるのはとても光栄ですが、使用人も人間です。何か小さなきっかけで魔が差してしまう可能性は十分に考えられます」

「っ、それは」

「公爵邸では多くの使用人を雇っていますが、中には厨房のように孤立してしまうところもあります。全員が何かを考えて働いていて、それを全部明らかにするのは現実的ではありません」

実際に管理権を行使し始めて、それはよく分かっている。私が表面的なことを把握するのにすら何週間もかかったのに、彼らの心中まで理解しようとしたら時間がいくらあっても足りない。

そして、今回の件は早急に解決しなければならない問題だ。ゆっくり考えている時間はない。

「邪な考えというのは、いろんなところに潜んでいます。それが拡大して手が付けられなくなる前に、疑わしきを取り除いて被害を抑えるのも上に立つ者に必要な決断ですよ」

つまり、怪しい人間はすべてクビにしろ、ということだ。

厨房という閉ざされた空間で、他に怪しいのは雇用担当のクラーク夫人だけ。処罰が必要そうな使用人は少なく、イルヴィスにとって時間をかけて調べるほどの価値はあまりない。

でも、使用人たちはそうじゃない。ただ辞めさせられたのではなく、罪を犯したからクビにされたという経歴が残ってしまうのだ。

(公爵家で横領した使用人なんて、どこにも雇ってもらえないわ)

関係のない、真面目な使用人たちが路頭に迷ってしまう。

……迷うまでもない。

私はまっすぐイルヴィスの目を見つめ返した。

「疑わしきは罰するのではなく、ちゃんと犯人を見つけ出す力も大事だと思いませんか」

「ふふ、アメリーならそう言うと思いました」

イルヴィスの作られた笑顔が、一瞬で綻んだ。

まるで眩しい物を見ているようにアイスブルーの目が細められ、私は試されていたのだと気がついた。女主人として、私がどんな判断を下すのかを見たかったのだろう。

そして反応を見る限り、私はいい選択をしたらしい。

「この件は私が必ず解決してみせるので、少しだけ時間を貰えませんか？」

「ええ、いいでしょう。アメリーを信じて、次の給金支払い日まで待ちましょう。……私は貴女の判断を信じていますよ」

そう言いつつも、イルヴィスはまだ心配そうにしている。彼を安心させるように、私はなるべく明るく笑って答えた。

「はい、任せてください！」

「ですが、危ないことをする前に必ず私に相談してくださいね。アメリーに何かあったら、私がどうなっても知りませんよ」

「え、どうして私が脅されているんです……？」

意味深に笑うイルヴィスが恐ろしい。

でも、期待されているのも分かる。イルヴィスに応えられるように頑張ろう。

イルヴィスがくれた期限まで、あと三週間と少し。

犯人に警戒されないためにも勉強は続けていくが、調査があるので授業は大幅に減らしてもらった。

最初に何をすべきか。一晩悩んだ結果、私は使用人全員と一対一で話す場を設けることにした。他の部署でもこんなことが起きてないかの確認と、外部から厨房を探るためである。不審に思われないようにするため、『配置変更した後の状況を知りたい』という建て前も用意した。

「まだまだ分からないことも多いし、直接話してみることで気づくこともあるよね」

そう決まれば、あとはそれを知らせる方法だ。証拠を残す意味でも、口頭伝達よりも手紙など文字に残した方がいいだろう。公爵家にいるすべての使用人に手紙を出すのは大変だが、背に腹は替えられない。

私は雇用書と照らし合わせながら、役職名と給金、それから日時を明記した簡素な手紙を全員分作成した。

（問題は、どうやってみんなの手元に届けるかなのだけど……）

公爵家において、下級使用人に直接手紙を出すという前例はない。今まで連絡事項すべて上級使用人が取り次いでいたのだ。だが料理長のような存在がいる以上、各部の長に手紙を託すのは得策ではない。

私は少し考えて、スザンナを呼び寄せて一部の事実を伏せながら手紙のことを相談した。限りなく可能性は低いとはいえ、完全に無関係とは言えない彼女に全部打ち明けるのは躊躇われたのだ。

「話し合いの場を設けるのは問題ありませんが……今回だけのために、各部に手紙の配達担当を設けるのですか？　各部の長がすでにその役割を担っているのに、わざわざ新しく下級使用人から選び出す必要はないように思えますが」

「いえ、皆さんお忙しい立場だと思いますので、手を煩わせないようにと思いまして。それに、長の皆さんが手紙を配る際は集合をかけなくてはならないでしょう？　その点、下級使用人同士であれば気軽に渡せます」

何よりそうすることで料理長を経由しなくて済むので、手紙や情報が抜かれる可能性が減少するのだ。しかも複数人を関わらせることで伝達が速く、そして相互監視の役割も果たせる。

働いてくれているみんなを信用していないようで心苦しいが、不正が起きている以上対策は必要だ。痛む心を無視して、私はスザンナの反応を窺った。

「……おっしゃっていることは理解いたしました。私の方で適切な者を選んで手配いたします」

「！　ありがとうございます！」

少し考える素振りを見せたものの、確かに頷いて見せたスザンナに胸を撫でおろす。

上手くことが運んでいるという喜びもあるが、彼女の態度は後ろめたいことがない人間にしかできないものだ。

安心してスザンナに手紙を預けると、私は最後に付け加えた。

「それとですね、この手紙は雇用書がある方すべてに送っているんです。万が一休職などの不在で余った場合、面談の際に私に戻してほしいと配達担当に伝えていただけませんか」

そう言えば、スザンナは不思議そうな顔をした。

「長期休暇に入っている使用人は届けを出しているはずですが」

「誰がいないのか、こうした方が分かりやすいでしょう？　戻ってきた分を照らし合わせればいいのですから」

そこに休暇届がないのに不在な人物がいたら、さぞ目につくだろう。さらに言えば、その人物の上司を問い詰めるきっかけにはなるはずだ。

納得したように頷くスザンナを見送ってから、私は丁寧に面談に向けて準備を進めていった。


それから数日。

スザンナが早急に手配を進めてくれたおかげで、予定通り面談の場を設けることができた。目をつけているところを後ろの方にまとめたということもあって、前半の部署は滞りなく進んだように思う。

「残すところは厨房と雇用担当のクラーク夫人だけね」

使用人たちの話をまとめたメモを整理しながら、ほっと一息をつく。初日こそ私も使用人もお互いに緊張したものだけど、彼らと打ち解けたおかげか、好意的に答えてくれた者がほとんどだった。

（そんなつもりじゃなかったけど、みんな配置換えを褒めてくれて凄く嬉しいわ）

急な命令だったというのもあって、受け入れてもらえた達成感は一段と大きい。

どの使用人との会話も中に違和感は見当たらないし、他の部署は横領に関わっていないと考えていいだろう。

つまり、厨房とクラーク夫人に絞っていいということだけど……彼女は新しい人材の面接という名目でずっと屋敷を空けている。明らかに避けられているが、どちらにせよ嘘を話すだろうから無理に呼び出す必要はない。

問題は厨房の方だけど――

「我々料理人には自分のテリトリーというものがあるのです！　素晴らしい食事のために日々学んでいるのです！　他の使用人どもと違って与太話をしている時間など存在しないとご理解ください」

料理長はずっとこの調子である。

一応呼び出しには応えてくれるが、ずっと仕事に首を突っ込むなの一点張り。

ここまでくると、さすがにその言葉が料理人としてのプライドによるものではないとわかる。あまりにも頑なな態度に、もはやため息をつくしかない。

「まったく、これだから若いご令嬢に仕事をさせるべきじゃないんだ……！　突然持ち場を変えるなんて、我々は真剣に仕事をしているのですぞ！」

どうやら料理長は遠回しに嫌味を言うのではなく、大声で威圧する作戦に変更したらしい。ここで咎めるより、あえて怯えたふりをして油断を誘ってもいいかもしれない。

「ご、ごめんなさい……！　私はそんなつもりじゃなかったんです。ただ、貴方たちとも仲良くなりたくて……」

料理長の圧に負けているふりをして、眉を下げて声色を弱める。するとここで畳みかけるべきだと判断した料理長がさらに言い募る。

「我々はプライドを持って包丁を握っているのです。おままごとではありませんので、仲良くする理由もありません。話し相手が欲しいのでしたら、お茶会でも開いてはいかがです？」

何も言い返さない私に、優位に立ったと思った料理長がどんどんヒートアップしていく。このまま警戒心を下げていって欲しいものだ。

「繰り返しますが、くれぐれも我々の仕事に首を突っ込もうとしないでください。今回はお嬢様の命令に従いましたが、今後このような呼び出しは止めていただけますかな。仕込みもある中、鍋から離れるようなことは控えたいので」

「はい、これから気を付けます……」

「まったく、好きに使用人を動かすのは楽しいのかもしれませんが、少しは自覚を持ってほしいものですね」

最後にそう言い残すと、料理長は勝ち誇った笑みを浮かべて部屋から出ていった。

よし、私が取るに足らない存在だという印象は十分に植え付けられただろう。これで次に何か行動を起こすとき、料理長はそう警戒しないでいてくれるはずだ。

今度は私の方から厨房に行ってもいいかもしれない。そんなことを考えていると、料理長と入れ替わるようにおさげの少女が顔を真っ青にして入ってきた。

「料理長が大変失礼いたしました！　私のような下級使用人が代わりになるはずもありま

せんが、厨房で働いている人が皆あのような者ではないのです……っ！」

そして扉が閉まるのと同時に、体を折りたたみそうな勢いで頭を下げた。厨房の仕事着を着ているから、おそらく料理長の次に話す予定だった子なのだろう。

――確か彼女は、厨房部の配達担当を任された子だ。

（私が罰を与えないか心配しているのね……上級使用人である料理長はともかく、下働きは何で職を失うか分からないから）

料理長は結構大きな声で話していたから、きっと聞こえてしまったのだろう。私は安心させるように小さく笑った。

「大丈夫ですから、ひとまず顔を上げてください。みんながいつも熱心に働いているのは分かっていますよ」

その言葉におずおずと姿勢を正した少女は、料理長の言葉を掻き消すように早口で続けた。

「料理長はあんなこと言っていましたけど、あの人はいつも偉そうにしているばかりで全然仕事していませんよ！　いつもふらっとどこかに行ったかと思えば、使えるやつがいないって雇用担当に愚痴を言っているんですから。何を言われても、気にしないでくださいね」

「気を遣ってくれてありがとうございます。私は本当に怒っていませんから」

それにしても、料理長とクラーク夫人は接点があるのか。これはいい情報を手に入れた。思わぬ収穫に喜んでいると、私の雰囲気が和らいだことを感じ取った少女が何か言いたげにこちらを見つめていることに気がつく。

緊張させないように、私はできるだけ優しい声で促した。

「気になることがあるなら、気軽に話してください。厨房のことはあまり詳しくないから、どんな話でも新鮮で楽しいですよ」

少女はわずかに目を丸くすると、やがて覚悟を決めたように顔を上げた。

「っ、おこがましいと承知の上ですが、お嬢様は厨房の給金に違和感を覚えることはありますか？」

「……違和感？」

まさか探りを入れられているのだろうか。

ちょうど調べていることを聞かれて表情を硬くした私に、少女は再び顔色を悪くした。

「あっ、決して給金に不満があるわけではありません！　毎月きちんと決められた分をいただいております！」

「……それならよかったです」

必死に言葉を探す少女は嘘が得意なタイプではなさそうだ。私はひとまず彼女を信じて話を聞いてみることにした。

「それじゃあ、違和感ってどういうことです？」

「……えっと、私は今までずっと皿洗いとして雇われていたんですけど、下級使用人の中でも低い役職なので、給金も一番低いんですよ」

素直にその通りだと頷きにくくて、私はあいまいに笑ってみせた。

給金に不満がないと言ったばかりだから、異議の申し立てではないと思うが……話の行き先が全く見えない。

「この話し合いの場を設けるために、お嬢様は私たち一人ひとりにご連絡くださいましたでしょう？　呼び出しのお手紙には、私たちの名前と役職を入れて」

「え、ええ。それに何か問題がありましたか？」

少女は躊躇うような素振りを見せたあと、再び私の目を見つめた。

「……実は、そこに書かれた私の役職が、少し高いんです。皿洗いではなく、調理器具管理となっていました」

「えっ⁉　そ、それはごめんなさい！　ちゃんと雇用書を確認しながら書いたつもりだけど、次から気を付けますねっ！」

サッと頭から血の気が引くのを感じながら、私は慌てて少女に謝った。

実際に文字として送るものだからと注意して書いたはずなのだが、まさか役職を間違えるなんて……。

これが給金に影響する書類だったら大問題になっていたはずだ。自責の念が大きくなり始めたところで、少女は小さく首を振った。

「それが、お嬢様が間違えたというわけではないと思うんです」

「え……？」

主人らしい振る舞いを取り繕うことも忘れて、私は思わず素で聞き返してしまった。

「貴族の方が私たちの名前を知っているだけでも珍しいのに、こうして気にかけてくださるだけでも十分感謝すべきだと思い、少しの間違いくらい……と最初は全く気にしていませんでした」

慎重に言葉を選びながら、少女は言葉を続けていく。

「ですが友人……同じ厨房で働いている仲間たちと話しているうちに、全員の役職が手紙に書いてあるのと合っていないということに気づいたんです」

「ぜ、全員⁉」

まさかの数に、再び声が裏返ってしまう。

『新しい料理人』について何か分かればいいと思っていたのに、一体何が起きているんだろう……？

「しかも、なぜか全員が今より役職が高くなっているんです。さすがに不自然だと思って、他の部署で働いている子にそれとなく聞いてみたんですが、そちらでは誰も間違いがなかったんです！」

「つまり、間違いは厨房部でしか起きていないということですね」

それは、いくらなんでも限定的すぎるのではないだろうか。

「あの……お話ししたいことは、他にもありまして……」

見当たらない料理人に合わない役職。次々と生じる問題に頭痛を覚えていると、少女が申し訳なさそうに何かを差し出してきた。その白くてカードのような手紙には見覚えがある。

「これは……私が出した手紙？」

「はい、余った分はアマリア様にお戻しするように言われたので」

手紙を受け取って確認すれば、そこに書かれていたのは新しく雇われているはずの料理人の名前だった。

「うちの料理人に、こんな名前の人はいません。最初はこれも間違いかと思ったのですが、そもそも厨房で新しく雇われた人なんていないんです！」

「新しく雇われた人が、いない……？　それは本当ですか⁉」

欲しかった情報を手に入れて、つい口調が強くなってしまった。食い気味に近づいた私に、少女はしどろもどろになりながらも確かに頷いて見せた。

（これでクラーク夫人の不正は確定したわ！）

存在しない人間の雇用書を持っているなんて、偽造したとしか思えない。道理でなかなか雇用書が渡されなかったわけだ。

（でも、料理長を追い詰めるにはまだ足りない……）

実際に存在しない人を雇ったのは明らかにクラーク夫人の責任となるが、ただの受け入れ先である料理長は知らぬ存ぜぬを通せないこともない。他にも協力者や目撃者がいればいいのだが、少女の話を聞く限り希望は薄い。

クラーク夫人が証言したり証拠を持っていたりすればいいが、不確定要素に期待するのはやめた方がいいだろう。

「ありがとう。……それで、本当に給金の方に問題はないのですか？」

どうして役職が高くなっているのかは分からないが、給金の支払いは雇用書に書かれている役職に従って支払われる。彼女はずっと多めに給料をもらっていたことになるけど、これは返却を求めるべきだろうか。

そんな私の心配をよそに、少女は問題ないと笑った。

「そちらは大丈夫です。最初に伝えられた下働き分のお給金を毎月いただいておりますし、急に多く貰ってしまった月もありません」

……それはそれでおかしな話だ。

私が手紙を書くにあたって参考にした資料は、スザンナから譲り受けた雇用書である。

それに書き換えられた痕跡はなく、つまり雇われたときからそこに書かれた情報は変わっていないということだ。

「失礼なことを聞くけど、貴女が約束された賃金はこの数字で間違いないかしら」

「はい、間違いありません」

私が少女に見せた数字は、彼女の雇用書に書かれた役職の給金ではなく、その一つ下の金額だ。気が重くなるのを感じながら、私はスザンナから渡された今年の給金記録を開いた。

(やっぱり、雇用書に記載されている役職の給金が支払われているわ)

差額が発生している。

だが、少女が嘘をついているようには思えない。そもそもこうして告発じみたことをしている時点で、彼女に後ろめたいことはないはずだ。

しかも話を聞く限り、複数人がこのような状況になっている。一番に思い至るのは、中抜きだ。

(問題は消えた差額分が誰の懐に入っているか、よね……)

実際に雇用書を作っているクラーク夫人は確定として、他に候補に挙がるのは記録をつけてお金を支払うスザンナと渡された給金を使用人に直接渡す料理長だ。

ただ、スザンナが付けた記録はイルヴィスとコンラッドも目を通す。一度や二度ならともかく、長年誤魔化し続けられるとは思えない。やはり、彼女はこの件に関わっていないと考えていいだろう。

それに、使用人が多い公爵邸では主人が直接渡すのではなく、各組織のリーダーを経由して下級使用人に届くようにしている。イルヴィスは若くして公爵家を一人で背負っているから仕方がないことだが、確かに中抜きが起きやすいシステムである。

（だけど、証拠がないのよね……。いったい、いつからこの流れが生まれたのかしら）

頭を悩ませていると、ふと少女からじっと視線を向けられていることに気がついた。どうやら考え込んでしまっていたらしい。

「話してくれてありがとうございます。貴女の勇気に敬意を」

「そ、そんな……！　私が違和感に気づけたのはアマリア様のおかげですよ」

嬉しそうに顔を赤らめた少女は勢いよく首を振った。豪快に揺れるおさげを微笑ましく見守りつつ、私は最後に念を押す。

「危ないので、この話は口外しないでくださいね。他の子たちにも忘れずに伝えてください」

「もちろんです！　最近の料理長は様子がおかしいので、どうか気を付けてくださいね」

それで伝えたいことはなくなったのか、少女はもう一度深々と礼をして部屋から出て行った。今日の来客予定は彼女が最後なので、この後は時間の余裕がある。

「それにしても、まさか手紙が取っ掛かりになるなんて……。やっぱりできることは惜しむべきじゃないわね」

それに、あの子たちが間違いに早く気づいてくれたおかげで他の不正を見つけることができた。料理長とクラーク夫人の繋がりも見えたことで、犯人はこの二人でほぼ間違いないだろう。

(ここまでくれば、もう無理にクラーク夫人を捕まえなくていいかも……面談する時間がないって断られ続けているし)

彼女にこだわって時間を取られるより、一刻も早く行動して捕まえた方がいい気がする。しかし、そうなると証拠の弱さが問題だ。

(使うタイミングを考えないといけないわね……)

使用人の話だけで中抜きをしていると問い詰めるのは難しいだろう。白を切られてしまえば、逆に管理責任を問われるのはこちらだ。この場合は記録をつけてきたスザンナになってしまうけど、先日まで使用人を取りまとめてきたメイド長のミスは混乱を招いてしまう。

古株であるスザンナが抜ける穴が大きいのはもちろん、ずっと彼女を信じてきたイルヴィスに罰を与えさせるようなことはしたくない。

料理長とクラーク夫人だけを咎める形にするのが理想だけど……何かいい方法を考えな

いと。

もはや移動する時間も惜しく、私はそのままメモを読み返して解決策を探し始めた。


しばらく考え込んでいると、ふと机に影がかかった。

「何かお悩みですか？」

「わ」

耳触りのいいテノールに驚いて顔を上げれば、微笑みを浮かべたイルヴィスが目の前にいた。すっかり考え込んでいた私は、驚いて座ったまま椅子からはねた。それを誤魔化すために小さく咳払いをして立ち上がったけど、より笑みを深くしたイルヴィスには気づかれているのかもしれない。

「一応言っておきますが、ちゃんとノックしましたよ」

「ご、ごめんなさい、全く気づきませんでした」

「何かあったのかと肝が冷えました。……ずいぶん暗い顔をしていたようですが」

心配そうな顔でぐいぐい距離を詰めてくるイルヴィスから適正な距離を取りつつ、私は安心させるように笑った。

「使用人から聞いた話を整理していたんです」

「その様子では、何かいい情報を手に入れたようですね」

イルヴィスはにこにことしながらじっと私を見つめている。どうやら見過ごしてはくれないようだ。張り切ってできると宣言した手前、悩んでいることを打ち明けたくない。ないのに、その優しい視線には逆らえなかった。

「えっと、成果はあるんですが……」

私はここ数日の成果と、厨房のメイドから聞いた話をイルヴィスに伝えた。

料理長の言動はさすがにオブラートに包んでおいたが、静かに冷気を纏うイルヴィスに意味があったかは疑問である。

「それでいろいろ考えていたのですが……やっぱり簡単にいい方法は思い浮かびませんね」

「まあ、あれでも古株の使用人ですから。……働いている間に技術よりも悪知恵を身に付けたようですが」

「あ、あはは……」

とても怒っていらっしゃる。このまま料理長とクラーク夫人を捕まえそうな勢いだ。

しかしこれほどの横領で証拠がないとなれば、公爵家の評価に関わってくる。二人を押さえた後に証拠を手に入れられればいいが、もし他に協力者がいたら処分されてしまう。そうなってしまえば言い逃れてしまう可能性があるので、やめさせたとしても罰を与えることはできない。

もちろん、私の両親のように隠ぺいすることだって公爵家には簡単だろうが、こんな不正でそんなことをして欲しくない。

(このまま全部ルイに任せた方が、何もかもうまくいくのかもしれない)

でも、何もしないでいるのは、嫌だ。

何もかも一人でできるとは思っていないけど、私は私のできることをする。イルヴィスを支えたいと思ったときに、そう決めたのだ。

「もう少しだけ、考えさせてくれませんか。クラーク夫人を捕まえる方法は思い浮かんだのですが、料理長が難しくて」

どうかもう少しだけ私を信じてほしい。そういう気持ちを込めてイルヴィスを見つめれば、仕方なさそうに肩をすくめられた。もう先ほどの気迫は感じられない。

「アメリーがそう言うのならば」

「どうしても思い浮かばなかったときは、ちゃんとルイに相談しますね」

料理長の横領現場さえ押さえられれば、まとめて捕まえられるのに。再び思考の海に沈みそうになった私をひきあげたのは、頬に添えられたイルヴィスの手だった。

「……ところでアメリー、今が何時かご存じですか？」

「……え？」

そう言われて窓の外を見れば、もうすっかり暗くなっていた。最近は日の沈みが早くなったとはいえ、誰に聞いても夜だと答える時間だろう。

「あ、あれ？　いつの間に」

　部屋が明るかったのは、使用人の誰かが明かりをつけてくれたのだろう。考え事に夢中で全く気がつかなかった。

「王城から帰ってきたら、貴女が食事もせずに働いていると聞かされた私の身にもなってください」

「夕食⁉　もうそんな時間ですか？」

「もうそんな時間すら大きく超えていますよ」

　そう言うイルヴィスから先ほどとは違う黒いオーラが見える。絵画のような美しい笑顔なのに、とてつもなく恐ろしい。

　伯爵家で食事を抜かれたこともよくあったので、私としては一食くらいじゃ空腹は気にならない。幸いにもイルヴィスは王城で食事を済ませているはずだから、付き合わせずに済んだことを喜ぶべきだろう。

「私ではなく、もっと自分の身を案じてください」

「あれ、声に出ていましたか？」

「いえ、顔に書いてありました」

　そっとイルヴィスから視線を外した。しかし、その行動は間違っていたらしい。

イルヴィスから大きなため息が聞こえたかと思えば、私の視界にイルヴィスの腕が飛び込んできた。

「？」

その動作に疑問を持つ暇もなく、私はイルヴィスに抱き上げられた。急に彫刻のように美しい顔が間近に迫ってきて、息が止まる。

「る、ルイ⁉　どうしてお姫様抱っこなんですか⁉」

「最近めっきり会えなかったので、その反動です」

「はんどう」

混乱でオウム返しをする私をよそに、イルヴィスはそのままスタスタと歩き出して部屋を出た。そこそこの速さなのに、全く揺れていないのは私への気遣いだろう。扉を開ける時なんて片腕で私を支えていた。

心臓が早鐘を打つのを感じつつ、私は状況を変えるべく声をあげる。

「あの、私が聞きたかったのはそういうことではなくっ」

私が聞きたかったのはお姫様抱っこされたことではなく、急に抱き上げられた理由についてだ。いや、お姫様抱っこも気になるけれども！

言葉が上手く見つからずあたふたしてしまう。だが、はじめから私の言いたいことを分かっていたようで、イルヴィスはにこりと微笑んだ。

「言っても聞いてくださらなかったので、いっそ私が代わりにアメリーを労ってあげようと思いまして」

「そ、それについては反省しています！　ご飯もちゃんと食べますので、一人で食堂に行かせてください」

この方向は間違いなく食堂に向かっている。イルヴィスの話だと、まだ使用人がたくさん待機しているはずだ。

いつ見られるかも分からないのに、じっとしていられない。

「待って、待ってください！　私、歩けます！」

「聞こえないですねー」

嘘だ、絶対に聞こえているはずなのに。今だけその整った顔が恨めしい。

「ルイ、下ろしてください！」

「アメリーが私の腕の中にいるというのもなかなか悪くないですね」

「私は悪いです！」

「あまりの嬉しさにスキップでもしたくなりました」

「スキ……!?」

それはちょっと見てみたいかも。いやいや駄目だ。高確率で私がその愉快な状況に困ることになる。

とはいえ、イルヴィスの意志が固いことはよく分かった。本当に聞こえないふりをするらしい。

それならば私にも考えがある。

「ルイ……その、き、キスしますか？」

「します」

勇気を振り絞った私の言葉に被せるように、イルヴィスが答えた。ピタリとイルヴィスの歩みが止まり、私は感情をなくしたスナギツネのような顔でイルヴィスを見つめた。虚無である。

「私の言葉なんて聞こえていないんでしょう？」

「急に耳が良くなったんです」

「ずいぶんと都合のいいお耳ですね！」

そんなことがあってたまるものですか！

ついに黙り込んだ私を見つめるイルヴィスは楽しそうに微笑んだままで、ちっとも動揺した素振りはない。私の言葉が耳に届いたようだが、下ろしてくれる気配はない。本当に都合のいい耳である。

「それで、してくれないのですか？」

大変生き生きしている。どうやら私は不適切なことを口にしてしまったようだ。

「さっきのは冗談ですから、しませんよ」

「食堂に着いたらしてくれるんですね」

「ルイ、やっぱり耳の調子が良くないですよ！　幻聴が聞こえています」

少し声を大きくしてみるも、イルヴィスは楽しそうに笑ったまま。

「まさか。いつだってアメリーの声を聞き逃さないように注意しているんですよ」

「まさに今私の言葉じゃない音を拾っています」

「おや、キスがしたいと言ったのは貴女ですよ？」

「そこまでは言っていません!!」

「言ったこと自体は否定しないんですね」

声をあげて笑うイルヴィスを睨んでみるも、あまり効果はない。抱えられているせいで身動きも取れないので、私は食堂に着くまで無言の抗議をすることにした。

だけど身動ぎもせずに黙っていると、意識がどうしても抱えられていることに引っ張られてしまう。背中と膝裏に回された腕とか、いつもより近くに感じる息遣いとか、私より高い体温とか……温かくて幸せで、だんだんと瞼が重くなってくる。

先ほどまでたくさん考え事をしていたのもあり、この穏やかな時間の流れが余計に私の眠気を誘う。

今はイルヴィスに運ばれている、というこの状況が何とか意識を繋ぎとめてくれている。

いつ誰に見られるかもわからないのに、このまま眠ってしまうなんて恥ずかしすぎる……！

腕の中で眠るアメリーに小さく息をつく。

急に黙り込んだかと思えば、いつの間にか眠っていたらしい。

(夕食抜きは体に悪いのですが……無理に起こすのも忍びないですね)

食堂に向かっていた足を止めて、アメリーの寝室に方向を変える。穏やかな寝息を立てる彼女を起こさないように、もう少し歩くスピードを落とす。

よほど疲れていたのだろう。実際、私の婚約者になったせいで、彼女に大きな負担をかけているのは明白だった。一挙一動が大勢の人に注目されるようになったのも、小さな判断一つにたくさん時間を費やさなければならないのも。

責任感が強いアメリーは上手く公爵家に溶け込み始めているが、今日のように無理してほしくないのが本心だ。望むなら、他の貴族と交流するような煩わしいことから一切遠ざけるというのに。

(ですが、私は再会したばかりの、お人形のようなアメリーじゃなくて、自分の考えを持

つ貴女に恋をしたんです。……私も、ちゃんと意思を持った貴女に愛されたい)

アメリーの部屋が見えて、ハッと我に返る。最近会えていないせいか、少し弱気になっていたらしい。婚約さえしてしまえばもう恐れることはないと思っていたのに、むしろより恋しくて仕方ない。この程度の距離で寂しく思うなんて、以前の私に知られたら殴られてしまいそうだ。

「……ふう」

アメリーを起こさないように、片腕で彼女を支えてドアを開ける。そのままゆっくりとベッドに寝かせてから立ち去ろうとして――眠っている彼女の手を握り、そっと引き寄せた。結婚するまではお互いの寝室が別であるため、このまま離れてしまうのが名残惜しかったのだ。

(今さらメイドを呼んで着替えさせても起こすだけ、ですね)

寝苦しいかもしれない、ドレスにしわがついてしまうかもしれない……等々良心が次々に浮かんでくるが、すべて起こしてしまうという言い訳でねじ伏せる。

そもそも毎朝寝顔を見ることができるメイドと違って、私にはそんな機会がなかなかない。恋人を差し置いて、それはずるいのではないだろうか。

「……う」

「!」

起こしてしまったかと焦るが、アメリーは身動ぎをすると再び規則正しい寝息を立てた。それにほっと息をつくも、彼女が少し寒そうにしているのに気がついた。すぐさま布団をかけてあげる。

「……」

アメリーと再会した夜も、こうして眠ってしまった彼女を腕の中に抱き込んだ。違いと言えば、こうして手を伸ばせば簡単に触れることができるくらいか。

一瞬そこまで思考して、かぶりを振る。

(寝ているところになんて、どうかしている)

触れるのは簡単だ。だって目の前で安心しきった表情で眠っているのだから。

けれどそういう話じゃない。大事で大切で愛おしい女性にそんなことはできない。

(さて。二人で過ごすためにも、邪魔なものを早く取り除かなければなりませんね)

長らく屋敷に目を向ける余裕がなかったせいか、ずいぶんつけ上がらせてしまったらしい。スザンナもメイド長としての仕事がある以上、目が届かなかったのは仕方がないだろう。

奴らももっと派手にやってくれればよかったものを、小賢しいことに小さな数字で誤魔化し続けてきた。アメリーが丁寧に照らし合わせて、使用人一人ひとりと向き合っていなければ、きっとまだ気づかなかっただろう。

再び小さく息をついて、アメリーの手を放そうとした時だった。

「おや……」

いつの間にか、逆に手を握られていた。

少し力を込めてみるも、まったく離れそうにもない。無理して振りほどくことはできるが、残念ながら私にそこまでする理由はない。

（……これは、困りましたね）

そう思いつつも、自分の口角が上がっていることには気がついている。

明日の朝、アメリーの驚く顔を見てもいいかもしれない。ああ、その際にキスの約束も果たしてもらおうか。

そんなことを考えながら、私は少し距離を開けてベッドの縁に腰をかけた。

第四章 ― 悪で満ちたメインディッシュ

「おや、起きましたか？」

名前を呼ばれたような気がして、ゆっくりと意識が浮上する。

「…………へ」

寝起きでぼうっとしたまま目を開けると、綺麗な青が間近にあった。

とても澄んだそれが目だと理解するまでの間、魅入られたように見つめ続けて――

「おはようございます、アメリー」

その青がイルヴィスの瞳だと気づいた瞬間、一気に頭が覚醒したのだった。

「えっ、へっ⁉　る、ルイ⁉」

近いというか、視界のほとんどがイルヴィスの美しい顔に占められている。心臓がどくどくとうるさく飛び跳ねていて、名前を呼ぶのが精一杯だった。

どうして同じ部屋で寝ているのか、訳も分からないまま体を起こして距離を取ろうとして、自分ががっしりとイルヴィスの手を摑んでいることに気づく。

「わ、うわっ、ごめんなさい⁉」

投げるようにイルヴィスの手を放して、私は勢いよく起き上がる。

その素早い動きにふ、と笑いをこらえながら、イルヴィスはゆっくりと上半身を起こした。

「そんな嫌そうな反応をされると傷ついてしまいます。昨晩、放してくださらなかったのはアメリーなのに」

「え!?　そ、それは大変失礼いたしますたっ！」

思いっきり噛んでしまった。イルヴィスは再び愉快そうに笑っているが、私はそれどころじゃない。

昨日の記憶は、イルヴィスにお姫様抱っこされて食堂に向かうところで途切れている。察するに、私は途中で眠ってしまったのだろう。信じられないことに。信じたくないことに。

（人に抱っこされて寝るって、許されるのは子どもだけよ……！　しかも運んでくれたルイを摑んで引き留めるなんて！）

このままベッドの上で転がりまわりたい気分だった。

しかも結局食事を食べていなかったので、作ってくれた料理人に申し訳ない。あとで謝ろう。

「ねえ、ルイ。昨日の夕食って、どうなりましたか？」

視線を上げれば、面白い顔をして固まるイルヴィスが目に入った。そして数秒の沈黙の後、不服そうな顔で口を開いた。

「一時間経ったら賄いにするように伝えてあります。無駄にするようなことはないので、ご安心ください」

「お気遣いありがとうございます」

首を傾げるイルヴィスを視界に収めつつ、私は厨房の昨日の配属を思い返していた。確か、いまだに存在が確認されていない料理人が調理担当だったはずだ。それも今週一週間ずっと。

なんて運がいいのだろう。

「ルイ、本当にありがとうございます。おかげでいい方法が思い浮かびました！」

「……もしかして、横領の話ですか？　ともに夜を明かした婚約者ではなく、朝から仕事の話ですか？」

心なしか笑顔が引きつっているイルヴィスに、私は笑顔のまま頷いた。

「はい！」

「……ええ、アメリーはそうですよね！　はあ、人生で『仕事と私、どっちが大事？』なんて言葉を使いたくなる日が来るとは思いませんでしたよ」

とんでもないセリフが聞こえたような気がした。

「貴女はもっと私の想いが重いことを自覚すべきです」

「……今のは冗談として笑うところですか？」

「心底傷つきました」

「う……」

「ですので、アメリーが私の機嫌を直してください」

「ごめんなさ……ん？」

あまりにも悲しそうな顔をするからつい謝罪を口にしかけたが、どさくさに紛れてとんでもないことを持ち出さなかっただろうか。

「えっと、機嫌を直すというのは……」

そう問いかければ、途端にイルヴィスが世界の終わりのような顔をした。本当に演技するときだけ表情がころころ変わる男である。

「キスしてくださると言ったのに、もしや私の気持ちをもてあそんだのですか？」

「あ……」

あれは冗談だって言ったのに、と口答えをしたかったけど、何倍もの威力で返ってくる反撃を想像して大人しく口をつぐんだ。

「……悪い人」

じっと期待したようにこちらを見つめるイルヴィスの視線に耐えかねて、私はカタツムりも驚く鈍重な動きでイルヴィスの広い肩に手を置いた。そこからさらに時間をかけてぐっと背伸びをする。

お互い座った状態なのに、まだこんなに身長差があるとは思わなかった。私の意図を察したイルヴィスが少しだけ屈んでくれたのが分かって、うっかりときめいた自分が悔しい。

至近距離に耐え切れなかった私は、それまでと打って変わって素早い動きで彼の唇に触れた。

「っ、これで、機嫌は直りましたか」

「……ええ。それは、もう」

そう言ったイルヴィスは、まるで春の日差しと友達になったような、それこそ幸せをかき集めたような微笑みを浮かべた。

蜜のような甘やかな視線に耐え切れず、私は空気を変えるべく無理やり話を逸らした。

「ソレデ、横領の話ですが」

「ふふっ。では、アメリーの考えを教えてください」

私の照れ隠しには触れないでいてくれたが、楽しんでいることはまったく隠せていない。

せめて赤くなった顔を隠すため、私はイルヴィスから顔を逸らした。

「えっと、そのですね……」

茹だって上手く働かない頭から必死に言葉を探す。

「偶然ですが、昨日の調理担当には例の存在しない料理人がいるんです」

公爵邸のような広い厨房では事故を防ぐために、最低でも五人以上の料理人が同時に勤務していなければならない。私の記憶が間違っていなければ、昨日は合計五人……存在しない新人料理人を抜いたら四人しかいないはずだ。そして勤務表通りであれば今日も昨日と同じなはず。

だから今日厨房に踏み込むことができれば、存在しない料理人の件をはっきりさせることができる。そして不正で料理長とクラーク夫人を一緒に捕らえ、横領まで踏み込むことができるはずだ。

「何度も厨房に押しかけたお詫びに特別手当を出すと言えば、私のことを甘く見ている料理長はきっと騙されてくれるはずです」

「特別手当、ですか？」

「実は、そのことでご相談があるのですが……」

まだふわふわする頭を切り替えて、私は料理長の警戒を緩めるのに使うお金を貸して欲しいことを切り出した。

「料理長を捕らえることができれば、すぐにお金を回収してお返しします。いわばただの小道具なのですが……かなりの金額なので、不安でしたら別の方法を考えます！」

「もちろん構いませんよ」

「やっぱり難しいで……え？」

驚くほどすんなり許可が下りてしまい、私は思わずポカンとイルヴィスを見返した。

「あの、本当に良いのですか？　もう少し考えてからでもいいんですよ……？」

「構いませんよ。その程度の額、公爵家にはなんの影響もありませんから。……それに、アメリーなら必ずやり遂げると信じていますので」

まっすぐな信頼に胸が温かくなる。力強く頷き返す私に、イルヴィスは優しい笑みを返してくれた。

「ところで、私は他に何をすれば？」

「あ、その……クラーク夫人が逃げないように注意してくださると、助かります」

害を加えられていない限り、私が騎士に命令を下すことはまだできないのだ。万が一にも逃げられないようにするため、そちらの監視もお願いする。

しかし、二つ返事で了承してくれたイルヴィスはまだ期待したように私を見つめている。

「あの……？」

「え、まさかもう終わりですか？　私にできることはないのですか？」

「……？　こんなにも許可をくださったではありませんか」

「え」

「ルイは最後の懲罰だけ確認してくだされば結構ですから、あとは私に任せてください！」

それに、これは管理権を持つ者の仕事だ。私にできることで忙しいイルヴィスを煩わせるわけにはいかない。

だがイルヴィスは難しい顔でじっと私を見つめたかと思えば、やんちゃな子どもを相手にするような、大きなため息をついたのだった。

「アメリーが飛び込んでいくのは以前の騒動でよく理解したつもりでしたが……分かりました。目を光らせておきます」

「！　許してくださってありがとうございます。では、私はこのまま厨房に」

意気込む私に、イルヴィスはすっと目を細めた。

「行きませんよ。先に朝食をとってください」

「ですが、早めに行動した方が」

「私は別に、アメリーを抱えて食堂に向かって、膝に乗せて食べさせてあげても宜しいんですよ」

「宜しくないですよ」

本当に何も宜しくない。

しかし、そのおかげで冷静になった。そういえば私は起きたばかりで、ろくに身支度もできていない。ドレスは皺だらけで、髪は寝ぐせではねていて……。

「る、ルイ！　私いろいろやるべきことを思い出したので、先に食堂に向かってください！　あ、別に今から仕事をするわけじゃなくて、ええと食事もちゃんと取るんですけど、その、少し時間が必要でして」

私は今さら恥ずかしくなって、でも素直に言うわけにもいかず早口でまくし立てた。

そんな私を見たイルヴィスは、なぜか大変満足げに笑っていた。

「分かりました。私も支度があるので、ゆっくり用事を済ませてくださいね」

その麗しい顔に、とても腹が立った。

朝食を終えた後、私はしっかり準備を整えて厨房に向かった。

厨房の扉を開けた瞬間、中に居た料理長の顔が分かりやすく歪んだ。そして中に入ろうとする私の姿を見ると、彼はすぐさま進路を遮った。その大きな体のおかげで、私は中の様子を見ることができない。

「アマリア様、またここに……。何度も申し上げますが、厨房は他と違って誇り高き仕事場です。貴族の方が入る場所では……」

いつもならここで引いていたが、もう様子見をする必要はない。私はか弱そうな振る舞いをやめて、毅然とした態度で料理長に近づいた。

「そのことですが、私も失礼なことをしたと反省しました。火の扱いには注意しなければならないのに、邪魔をして申し訳ありません。これからは気を付けます」

「い、いえ……分かって頂けたのならいいんです」

話が読めなくて、料理長は戸惑っているようだった。その目にはわずかに警戒の色が浮かんでおり、私の意図を探ろうとしているのがよく分かる。

私は安心させるようににこりと笑うと、持っていた金貨が入っていた袋を料理長に手渡した。

「でも謝罪だけじゃ私の誠意が伝わらないかと思いまして……。今まで迷惑をかけたお詫びとして、特別手当を渡したいのです」

じゃら、とお金特有の音を聞いた料理長はぱっと顔色を変えた。そして恐る恐る袋を開けた瞬間、彼の鼻息が荒くなった。

「こ、これは……い、いえ！　こんなにいただくなんてとんでもないです！」

そう言いながらも、料理長の目は金貨に釘付けだった。

当然である。その袋の中に入っているのは上級使用人の給料半年分だ。横領に手を出すほどお金に目がない料理長の思考を鈍らせるには十分な額である。

「それで、他の使用人にも渡したいのだけど……見ての通り結構な額だから、直接渡したいのです」

料理長は物欲しそうな目でお金が入った袋を見つめつつ、ハッとしたように首を横に振った。

「いやあ、こんな汚いところにアマリア様を入れるわけにはいきませんよ。特別手当なら、俺が渡しておきますので」

「まあ、厨房を誇り高き場所と言ったのは料理長じゃない」

料理長の目が泳いだ。仕事をさぼっているという話もあるし、私を遠ざけるために適当に言ったに違いない。

「でも、厨房をまとめる貴方が気になるなら無理は言わないわ」

「分かってくださいましたか……！　それじゃあ」

「それじゃあ、貴方に渡した特別手当は返してもらうしかないわ」

「…………え？」

私に手を伸ばした半端な体勢のまま、料理長は口を開けて固まった。

「直接渡すようにって、ルイに言われているの。料理長を信用していないわけじゃないし、みんなを労いたい気持ちも本当だけど、さすがにルイとの約束を破るわけにはいかないわ」

このお金の使い道はしっかりとイルヴィスに説明しているけど、少しばかり申し訳ない。このお金は料理長を捕らえた後しっかり回収するので、あくまでも揺さぶる小道具なのだ。

「それと、俺の特別手当に何の関係があるんですか！」

「だって、料理長一人だけが貰うのは不公平でしょう？　これは厨房で働くみんなへのお詫びなんですから」

これで、料理長は二つの選択肢を迫られることになる。

金貨を諦めて徹底的に私を厨房から遠ざけるか、金貨を手に入れて私を厨房に入れるかだ。でも、私には確信があった。

料理長は必ず後者を選ぶ。

ちらちらと視線を厨房と袋の間で往復させている料理長は今頃、『どうでもいいことでお金を配る、噂通りの馬鹿な小娘』とでも思っているのだろう。

(料理人の不在を誤魔化せれば大量のお金が手に入る。私を見下しているからこそ、欲に目がくらむはずよ)

そして結局、料理長は取り繕ったような笑顔で道を空けてくれた。

「そこまでおっしゃるのであれば、これ以上引き留めるのは失礼ですね。ただ、厨房のやつらは仕事一筋のやつらでして、口が上手くないのです。アマリア様が嫌な思いをするかもしれませんので、あまり話しかけないでやってください」

失礼なのはどっちだという話だが、ぐっとこらえた。ここまでわかりやすく関わりを減らそうとする姿勢はいっそ清々しい。

私は笑顔を保ったまま、厨房に足を踏み入れた。一番近くにいた使用人にお金が入った袋を渡して——

「いつもおいしい食事をありがとうございます。貴女のお名前は？」

料理長の言葉を無視して親しげに声をかけた。

後ろから、慌てて私を止めようと料理長が声をあげる。

「アマリア様、そのような卑しい者に声をかける必要はありません！」

「料理長、私は公爵家の管理権を預かっています。働いてくれている人たちの名前を知るのは当然のことです」

静かにそう返せば、料理長は言葉を失って大きく歯ぎしりをした。私はその隙を逃さず、使用人を一人ひとり確かめ始めた。

最初は戸惑っていた使用人たちも、料理長に馬鹿にされたこともあって素直に答えていく。そしてとうとう全員にお金を渡し終わったあと、私の手元にはまだ一つの袋が残されていた。

それを手にしたまま振り返れば、そこには顔を真っ青にした料理長の姿がある。

「料理長、料理人が一人見当たらないのだけれど……どこにいるのですか？」

一人ひとりに声をかけていったから、誰がいないのかは明らかだ。

使用人たちが困惑したようにざわついている。彼らにしてみれば、私は存在していない人を捜しているように見えるだろう。

視線が私と料理長に集まっているのが分かった。

「一つ、多く持ってきたのでは？」

料理長が絞り出すような声で答えた。

「そんな筈はありません。スザンナと一緒に確認して準備しましたので」

「きゅ、休憩に行っているのです！」

「なら戻ってくるまで待っていますよ。私が来てから結構時間が経ったし、そろそろ戻ってくる頃でしょう」

「そ、それは……っ」

「まだ時間がかかるのかしら。でも、もうすぐ昼食を作り始める時間ですよね？　規律で料理人は最低でも五人が必要だと決められているけど、このままじゃ始められないのでは？」

使用人から驚く声が上がる。突き刺さる視線に、金貨が入った袋を抱えた料理長はとうとう声を荒らげた。

「料理長である俺がいるんです！　新人の料理人が遅れたところで問題ありません！」

「料理長も使用人よ。それは貴方が勝手に決めていいことではありません」

「長年勤めてきた俺になんてことを……！　アマリア様こそ、管理権を貰っていい気になっているのではありませんかッ！」

料理長の声は厨房中に響き渡り、周りが静まり返った。

もうどうしようもないと悟った料理長は、足を踏み鳴らしながら私に近づく。そしてこちらにつかみかかろうと、怒りのまま大きく手を振り上げた。

「へりくだっていれば調子に乗りやがって――ッ！」

こうなったら、その攻撃を受けて料理長の罪を増やしてやる。

目をつむって衝撃に備えるけど、いつまでも痛みがやってくることはない。代わりに、料理長のうめき声が耳に届く。

弾かれたように目を開ければ、背後から料理長の手をひねり上げているイルヴィスの姿が飛び込んできた。殴られる覚悟はしていたはずなのに、全身の力が抜けて安堵が胸に広がった。

「これ以上の無礼は許しません」

背筋が凍るような感情を抑えた声に、料理長は息をのんだ。それまでの怒りとは打って変わって、恐怖が彼の顔に浮かんでいた。

「ヒッ、い、イルヴィス様……！　俺、俺はっ」

「すべて聞かせていただいたので、言い訳は不要です。アメリーに対する振る舞い、公爵家に対する不誠実、どれも許されることではありません」

「ちっ、違うんです！　お、俺は雇用担当にそそのかされただけなんです！　あの女、ジャネット・クラークだ！」

「そそのかされたから、何ですか？」

背後にいるせいで、料理長は表情が消えたイルヴィスが見えていない。だから、続きを促すその言葉にすがるように言葉を続けた。

「あの女が、アマリア様は教養もなってない馬鹿だと言ったんです！　だからつい魔が差して、こんなことをやってしまったんです！　方法も全部あの女が考えていました！」

死なば諸共という精神か、それとも自分だけは助かりたいという考えからか、料理長は簡単にクラーク夫人の名前を出した。

イルヴィスは特にそれに反応する様子もなく、淡々と話を進めている。これ、めちゃくちゃ怒っているときの反応だ……。

「へえ、それは自分たちの罪を認めるということですか？　理由はどうであれ、不正は確かにあったと」

「え、あっ、いや……それはっ」

自分の言葉の矛盾に気づいたのか、料理長は顔色をなくして目を泳がせている。イルヴィスは冷たい眼差しでそれを一瞥すると、厨房の入り口に視線を向けた。

私もつられるようにそちらを見ると、そこにはクラーク夫人の姿があった。後ろには騎士が立っており、よく見ればクラーク夫人の手が縄で繋がれている。

「これは、一体……」

ほとんど独り言のような私の小さな呟きに、イルヴィスは安心させるように笑う。

「アメリーの心配通り、裏から逃げようとしていたので捕らえさせていただきました」

そして再び冷たい表情を料理長に向けると、騎士を呼んで縄で縛りあげた。

「なッ、クラーク夫人……!?」

一方料理長は、信じられないものを見たように目を大きく見開いている。

すでに反抗心は薄れているのか、それとも放心しているのかは分からないが……彼は案外大人しく騎士に従った。

「どうしてここに……」

「アンタがへましたからだよ……ッ！」

両手を縛られたクラーク夫人はそう忌々しげに吐き捨てると、鬼の形相で料理長を責め立てた。

「それに聞いていれば、全部あたしのせいにしようとしたね！　最初に使用人どもの役職を改ざんして儲けようって言い出したのはそっちじゃない！」

その言葉に、黙って事態を見守っていた使用人たちがざわつく。不信の視線を一斉に向けられた料理長は焦ったように視線を泳がせ、慌てたように勢いに任せて怒鳴った。

「お前ッ、何をでたらめに！」

「フン！　公爵様、聞いてくださりましたか？　この男はとても卑怯な嘘つきです！」

クラーク夫人は料理長を無視して金切り声を上げる。

「ですから、これは何かの間違いです！　あたしこそがあの男に騙された被害者なんです！」

「このアマ！　何自分だけ逃げようってんだッ！」

料理長は目をむいて怒鳴る。近くに来ていた騎士に取り押さえられていなければ、クラーク夫人に摑みかかってもおかしくない勢いだった。

その剣幕に、ざわついていた他の使用人たちが怯えたように隅に逃げて行く。

「はあ？　アンタが雇用書を偽造しろって言い出したんじゃない！　あたしは止めたわ！」

「嘘をつくんじゃねえ！　お前だって乗り気だっただろうが！」

「知らないね。あたしを陥れようとしたって、そうはいかないから！」

すでに自白のようなことをしたのに、二人はお互いに責任を押し付けようと必死だ。一向に進展しない言い争いに、イルヴィスは眉間のしわを深くした。

そして大きなため息をつくと、注意を引くように手をパン、と叩いた。

「使用人を束ねる上級使用人ともあろう者が、二人してこのような見苦しい争いをするなんて。公爵家を貶めるのもいい加減にしなさい」

血が凍えるほどの冷たい声に、料理長とクラーク夫人はハッとした様子で口をつぐんだ。

「ええ、貴方たちの言い分はよく分かりました。誰が何をどこまでやったか、その辺りの責任は追い追い明らかにするとして……お話を聞く限り、横領は確かにあったようですね？」

ぞっとするほど美しい笑みを浮かべたイルヴィスに、料理長たちが怯えたように息をのむ。しかし諦めていないのか、青ざめながらも何か打開策を考えているようだった。

その反応に、私は手紙と証言のことを思い出して我に返る。罪を決定するには弱い証拠だが、二人が自白のようなことをした今、それを裏付ける物としては十分すぎる。

「お二人が不正をした証拠はあります」

視線が突き刺さる。それを堂々と受け止めながら、私はお金の袋と一緒に持ってきていた手紙を取り出して、一歩前に出た。

「みなさんご存じだと思いますが、これは私が面談のために用意していた手紙です。役職名、給金など間違いのないように、雇用書と照らし合わせながら書きました」

「そ、それが何だと言うのよ……」

イルヴィスは口を挟むことなく、期待した眼差しをこちらに向けていた。それに背中を押されるように、私は料理長たちを見据えた。

「しっかり確認しましたが。手紙に書いてある内容と雇用書に相違はありませんでした。にもかかわらず、一部で役職がおかしいという報告があったのです」

ここまで言えば料理長が何かに気づいたらしく、仇を捜すような視線を厨房の隅に固まっている使用人たちに向ける。その鬼気迫る様子に、私は証言者を明言することを避けた。

「役職の相違が起きたのは厨房部だけです。先ほどの存在しない料理人の件も含めて、これらを単なる偶然、何かの間違いで片付けることはできません」

「はっ、何を言うかと思えば……我々は長く公爵家に勤めてきた上級使用人なのですよ！　そんな俺たちより、下級使用人どもの話を信じるのですか！」

「権利を貰ったからっていい気になっているみたいだけど、公爵家に来て間もないアンタに何が分かるというのよ！　だいたい、ちょっと前までろくに使用人と関わっていなかったじゃない！」

自分たちに都合の悪い展開を変えるべく、二人は息巻いて私に食って掛かる。

しかし私が口を開くよりも先に、血走った眼で叫ぶ二人を遮ったのはイルヴィスだった。

「これ以上の侮辱は許さない、と言ったはずなのですが」

短いながらも、思わず跪きたくなるような迫力があった。

やっと自分たちの振る舞いに気づいた料理長たちは、体をぶるぶると震わせながら深々と頭を下げた。

「も、申し訳ありません……っ！」

「身の程も弁えず、とんだ無礼をッ！」

「言い訳は不要です。……はあ、仕方ありませんね」

謝罪を繰り返す料理長たちの言葉を無視して、イルヴィスは頭を押さえた。

許しとも捉えられる言葉に二人は顔を上げるも、その感情が一切消えた顔に再び怯えたように小さくなった。

「そんなに納得いかないのであれば、私が直接調査しましょう。お互いの罪を被らなくて済むよう、貴方たちが公爵家に雇われた日まで遡って、しっかり調べさせていただきますので」

「そ、それはっ！」

「お待ちください、公爵様！　あたしは今まで懸命に公爵家のために働いてきました！　それなのに、こんな仕打ちはあんまりです！」

何やら調べられたくないことがあったのか、二人は騎士の制止を振り払おうともがいた。当然騎士の拘束は強くなっていく一方で、とうとう床に跪かされてしまう。そんな二人を、イルヴィスはたいそう美しい笑みを浮かべて見下ろした。

「横領や雇用書の改ざん、挙げ句に仕えるべき主人への誹り……これでよく公爵家のためと言えましたね」

「……ッ、そ、れは……」

なおも言い募ろうとしたクラーク夫人に、イルヴィスは残酷なまでに美しい笑みを浮かべてそれを遮った。

「お話は尋問の際に聞かせていただきますので、もう結構ですよ」

「っ」

これ以上話しても意味がないと判断したのか、イルヴィスは二人を押さえている騎士に目配せをした。

「二人を連れて行きなさい。尋問は徹底的に行うように」

「はっ！」

料理長たちの必死の訴えも虚しく、二人はすぐさま厨房の外へ連行されていく。やがて二人の声が聞こえなくなるまで、厨房はこの上ないほどの緊張感に包まれていた。

そんな張り詰めた空気の中、イルヴィスは何事もなかったように笑顔で振り返った。

「もうすぐ代わりの料理人が来ますので、皆さんはこのまま仕事を続けてください。貴方たちに渡された特別手当はそのまま受け取り、今日のことはすべて忘れるように」

この騒動は誰も口にするな、ということである。

その意味を正しく理解した使用人たちは緊張した面持ちで仕事に戻っていったが、集中なんてできないだろう。

ぎこちないその光景をぼうっと見ていると、ふとイルヴィスに手を優しく包まれた。

「ルイ……？」

「すみません。どうしても見ていられず、割り込んでしまいました」

「そんな、助けていただきありがとうございます。ルイがいなければ、きっと私は頬を腫らしていました」

弱々しく眉を下げたイルヴィスに心が痛む。ずいぶんと心配させてしまったらしい。

しかし平気だと笑って見せても、イルヴィスは手を放してくれなかった。

「ルイ?」

「……もう二度と、あのようなことをしないでください。間に合ったから良かったものの、アメリーが怪我をしていたかと思うと――っ」

そう言うイルヴィスの手は震えている。

それが本当に申し訳なくて、私はそっとその手を握り返した。

「……みっともないところをお見せしてしまいました。後処理があるので私は執務室に戻りますが、アメリーはもう休んでください」

今日はもう授業どころじゃないだろうし、後処理で使用人たちも慌ただしく過ごすだろう。横領ともなれば当主の仕事だし、私が屋敷の中でうろうろしても邪魔になるだけだ。

それに気が抜けたせいか、ドッと疲れが押し寄せてきている。休みたい気持ちはあったので、私は素直に頷いた。

「そうですね。これ以上私にできることはありませんし、今日はもう部屋に戻ります」

「部屋までお送りできず、申し訳ありません。……今でも危険なことをしないでほしいという気持ちは変わりませんが、本当によく頑張りました」

「そ、そんな……手を貸してくれた使用人たちのおかげですよ」

緩くかぶりを振る。偶然手に入れた情報や、勇気をもって告発してくれたあの少女がいなければこんなにすぐに解決できなかっただろう。

でも、イルヴィスはそう考えていないらしい。仕方なさそうに肩をすくめると、私の髪を整えるような手つきで撫でてくれた。

「いいえ、この件をここまで導いたのは間違いなくアメリーのおかげです。どうか自信をもって誇ってください」

その言葉に、今までの時間がすべて報われたような気がした。

「……ありがとう、ございます」

ほわほわした気持ちが胸を満たす。

イルヴィスとは厨房の前で別れたけど、それから部屋に戻っても、私はしばらくの間達成感で胸がいっぱいだった。

これで、イルヴィスの隣に一歩近づけただろうか。

それから屋敷中がバタバタして、あっという間に一週間が過ぎていく。そんな中やっと事件が一段落したようで、私はイルヴィスに執務室に呼ばれた。

改めて横領の全貌を聞かされた私は、事の重大さに驚くことになる。

「厨房の使用人の給金が、記録と五年も違っていたのですか!?」

「ええ。クラーク夫人はこれまで人員の紹介を一手に引き受けており、だから同じく孤立している厨房部と手を組みやすかったのでしょうね」

「確かに料理長は閉鎖的な方でしたけど」

「とはいえ、公爵家でこれだけのことをしてくれたんです。二人ともしっかり罰を与えますよ」

横領したのだから、ただ辞めさせただけで片付くはずもない。予想していた答えだけど、知らず知らずため息をついてしまう。

「そういえば、どうして急に雇用書を偽造したのですか？　それまでは役職を誤魔化して中抜きをしていただけだったんですよね」

正直今まで通りに動いていたら、私は気づけなかったはずだ。

その問いかけに、イルヴィスはいら立たしそうに眉をひそめた。いつもアルカイックスマイル、もしくは無表情なのに。珍しい。

「管理権がスザンナからアメリーに移ったからでしょう。引き継ぎの時は見落としが生まれやすいですすし、アメリーはまだ経験がなかったので。そのせいで、やつらの行動はより大胆になったようです」

「う、しっぽを出したことに喜ぶべきか、それとも悲しむべきか反応に困りますね」

「ぜひ愚か者どもめと笑ってください」

間をおかず返ってきた答えに、思わず苦笑いがこぼれる。

返答に困って、私はさっさと話題を変えた。

「あ、そういえばスザンナはどうなるのでしょうか？」

他にもメイド長の仕事があったとはいえ、スザンナは五年も不正を見逃していたことになる。

判断が難しいところだが……と考えていた時、部屋の扉がノックされた。

「どうぞ」

まるで誰か分かっているように、イルヴィスは確かめることもなく入室を許可した。

「お忙しいところ、失礼いたします」

「えっ、スザンナ⁉」

部屋に入るなり、スザンナは重々しく私に頭を下げた。まったく頭を上げようとしない彼女に、私は助けを求めてイルヴィスに視線を向ける。

「スザンナはアメリーに謝罪したいと言っていました」

「謝罪？」

「はい。私の管理不足が原因で、このような事態になってしまいました。それだけではありません。私はアマリア様を噂だけで判断して、メイドとしてあるまじき行動をとっていました」

やっと顔を上げたスザンナは、覚悟を決めた顔をしていた。

「実はスザンナが辞職願を出しているのですが、人事権はアメリーにあります。貴女が決めるべきだと思ったので、今日ここにスザンナを呼びました」

「イルヴィス様の言葉通りです。私はメイド長としてふさわしくありませんでした。今までの非礼をお詫びしたうえで、職を辞させていただきたいのです」

その言葉を聞いて、私は小さく笑った。それならば、答えはすでに決まっている。

「スザンナ、貴女が公爵家に尽くしてくれたことは私もよく知っているわ。今回の横領に気づけたのも、貴女が細かく記録をつけてきたからよ」

スザンナの目には驚きが浮かんだが、私は構わず続けた。

「それに、スザンナが厳しく教えてくれたのは公爵家のためでしょう？　私はそれに助けられているし、無礼だなんて思っていないわ」

こんな短期間にここまでたくさんの知識を身に付けられたのは、間違いなく彼女のおかげだ。

最初こそ余所余所しかったが、黙々と仕事をこなすのは悪いことじゃない。

それに、スザンナは本気で公爵家に尽くしてきた。彼女が抜ける穴は大きいだろう。メイド長の仕事、私の教師、そして管理権の激務をこなせる有能な者はそう見つからない。

「まだ学ぶべきことがたくさんあるのに、むしろスザンナに辞められた方が困るわ」

「……！　アマリア様、それは」

スザンナが信じられないといった様子で小さく息をのんだ。

「貴女が嫌じゃなければ、今まで通り働いてほしいわ」

「嫌だなんて、とんでもありません……！　私のような至らない者にはもったいないお言葉です」

スザンナの目がわずかに潤んだように見えたが、私もイルヴィスもそれを指摘するようなことはしなかった。

「アマリア様、もう一度機会を与えていただきありがとうございます。今度こそ違えないように、誠心誠意尽くさせていただきます」

そう言ってもう一度頭を下げたスザンナは、とても晴れやかな顔をしていた。

公爵家の人たちに認められるために踏み出した一歩だけど、こんな結果になるなんてまったく思わなかった。

使用人たちとも打ち解けられたし、これからの生活は以前と全く違うものになるだろう。

少し期待を募(つの)らせながら、私はスザンナと共にイルヴィスの執務室を後にした。

（よし、勉強の方もこの調子で頑張るわ！）

第五章 ― 雪解けと面倒な春

公爵邸が落ち着いてきた頃と同じく、エマとミラも私のもとに帰ってきた。久しぶりに見た二人の仕事ぶりは以前と見違えるほどで、自信ありげに専属メイドになったと胸を張っていた。

そのおかげで、スザンナはメイド長としての仕事に集中できるようになった。……のだが、変わらず私のマナーや勉強を見てくれている。スザンナは生まれたゆとりの時間をすべて私に使っていた。

どうやら私を立派な淑女にすべく張り切っているようだ。

「すっかり貴族の家門を覚えられましたね。良い調子です」

「全部スザンナのおかげですよ」

勉強部屋で机を挟んで座り、テストの採点を終えたスザンナは満足げに頷いた。

いまだ聞きなれない称賛に気恥ずかしくなるが、それ以上にスザンナと親しくなれたことが何より嬉しい。

（横領は解決したけど、令嬢としての私には足りないものがたくさんあるわ。イルヴィス

に相応しい人になるためにもまだ頑張らないと）

程よい緊張感の中でテストを見返していた私に、スザンナが声をかけた。

「……お伝えすべきか迷っていたのですが、私たち使用人に敬語を使う必要はありませんよ」

「ですが……スザンナは私の先生ですし、年上の方も貴族の方も公爵家にはいるんですよ？」

「それでも、です。私たちは公爵家に仕え、アマリア様は仕えられる側でいらっしゃいます。上に立つものとしても、敬語をお止めになってください」

「それなら、ルイだってみなさんに敬語を使っていますよ。それはアマリア様の方がよくご存じでしょう」

「あの方は誰に対しても敬語ですよ。それはアマリア様の方がよくご存じでしょう」

確かにスザンナの言う通りだ。出会ってからずっと、イルヴィスはどんな相手にも敬語を使っている。もう染みついているのだろう。

（スザンナには砕けた口調で話しかけたことないのに……あ、エマたちには敬語を使っていないからかしら）

スザンナが良いと言ってくれたのだし、変に渋ることでもない。エマたちには友達のように接しているし、それと同じ要領でいいはず。

私は小さく頷いて、さっそく口に出してみた。

「わかりまし……分かったわ。これでいいかしら」

「ええ、問題ありません」

でも、しばらく慣れそうもない。違和感にもごもごしていると、満足そうに机の上を片付けていたスザンナが思い出したように声をあげた。

「そう言えば、貴族の姿絵を何枚か準備しました。ひとまず五公の方々の分だけですが、アマリア様の助けになると思います」

スザンナは部屋の隅にあるテーブルに近づくと、その上にかぶさっていた布を取り除いた。ずっと存在感を放っていたのもあって、気になっていた私は促されるままテーブルに近づいた。

姿絵だと告げられた通り、そこに置いてあったのは十数ものキャンバスだ。サイズは小さいものの、どれも顔がはっきりと分かる。

「これはすべて五公の皆様なのかしら」

「さようでございます。我がランベルト公爵家を除いた四家門のうち、現当主夫妻および姿絵があるご子息の物を揃えさせていただきました」

「ありがとう、本当に助かるわ」

正直なところ、ここに見覚えのある顔は一つもない。びっくりするほど思い当たる顔がない。

改めてイルヴィスの正体を知った時の驚きが鮮明によみがえって、ここ最近知識が付いたと浮ついていた気持ちを引き締める。うん、やっぱりまだまだ勉強が足りていない。

「姿絵に触れても？」

「もちろんでございます。これはすべてアマリア様の物でございますので、お好きになさってください」

スザンナにお礼を言って、さっそく姿絵を手に取って一枚ずつ見ていく。穴が開くほど熱心に見ている私に気を遣って、スザンナは一人ひとり名前を教えてくれた。

「家門ごとにまとめて置いてあります。左からプリマヴェーラ公爵家、ランカスター公爵家と続いています」

それぞれの家門の情報はすでに覚えているので、すぐに姿絵と結びついた。スザンナの紹介と共に見ていくと、ふと一枚の姿絵に目が留まる。

「こちらの方は私と年が近そうね。彼女がカレン・プリマヴェーラ公爵令嬢かしら」

波打つ金髪の輝きは絵だというのに色褪せず、アメジストのような瞳はとても神秘的だ。顔立ちにわずかな幼さを残しているが、あと数年もすれば誰もが振り向く美女になるだろう。

確か十八歳のはずだから、五公の中で私と年が近い唯一の女の子だ。彼女の三つ上の兄はイルヴィスと関わりがあったはずだから、今後交流することも多いだろう。もしかしたら友人になれるのかもしれない。

心を躍らせていると、スザンナがおずおずといったように切り出した。

「その、アマリア様。大変申し上げにくいのですが――」

しかし、その言葉はノック音に遮られてしまう。

突然の来客に、私とスザンナはそろって扉の方に目を向けた。

「おや、まだ授業の途中でしたか」

「ルイ！」

柔らかい笑みを浮かべて入ってきたのはイルヴィスだった。普段よりもやや足取りが軽そうで、どこか楽しそうに見える。わざわざ私のところに顔を出すくらいなのだから、何かいいことがあったのだろうか。

「アメリー、この後一緒に街へ出掛けませんか」

「えっ、急にどうしたのですか？　この後も勉強がありますけど……」

「おや、午後は休みだとスザンナから聞いているのですが」

それはもちろん、午後は自習の時間だからだ。せっかくこんな素敵な姿絵を貰ったのだから、しっかり情報と照らし合わせて覚えたい。

しかしこの沈黙でイルヴィスは私の考えを悟ったらしい。わざとらしいくらい悲しそうな顔をして、じっと私を見つめた。その姿はまるで長らく構っていない犬のように見えて、心なしか垂れた耳まで視えそうだ。……疲れているのかもしれない。

「たまには休憩しないと倒れてしまいますよ。外の空気を吸って気分を変えてみませんか？」

イルヴィスの言葉に心が揺らいでしまう。まだ勉強しなければならないことが山積みなのに。先ほど頑張ると決めたばかりなのに！

それでも断ろうとした私に、スザンナが静かに口を開いた。

「ご心配なさらずとも、今のアマリア様は十分力をつけております。むしろずっと屋敷に籠っている方が健康に悪いとエマたちが嘆いておりましたよ」

まさかスザンナからそんな言葉を聞くとは思わず、私はまじまじと見つめてしまった。

同時にそれに背中を押されるように、私は迷いを振り切る。

「それじゃあ、今日はお休みします」

「……！　では、広間でお待ちしておりますね」

ぱっと顔を明るくしたイルヴィスは、来た時よりもさらに足取りを軽くして出て行った。

私も手早く机の上を片付けるとその後に続こうとして、はたと思い出して振り返る。

「そういえば先ほど、何か言いかけていたわよね？」

一瞬の後。すぐに思い当たったのか、スザンナはゆるりと首を横に振った。

「……いいえ、楽しい時間を前にこのような話は無粋でしょう。続きは次の授業でお伝えいたします」

「なら、次までの楽しみにしておくわ」

私は特に気に留めることもなく、そのまま急ぎ足で部屋に戻った。

エマとミラに手伝ってもらいながら、柔らかなシフォンとサテンの外出用のドレスに着替える。そろそろ暖かくなってきたので、エマは私の髪を一つにまとめると高めに結んだ。化粧係のミラは久しぶりの外出に張り切っていたが、イルヴィスと二人で商店街を回る予定なので、お化粧は派手じゃないものにしてもらった。いまだに道行く人に『貴族だ……』という目で見られるのが苦手なのだ。

もうすでにだいぶ待たせてしまっているので、謎の応援をしているエマたちにお礼を言うと急いで玄関に向かった。

足音に気づいたイルヴィスは私の姿を見るなり、慌てたように声をあげた。

「アメリー、そう急がないでください。転んでしまったら大変です」

「子どもじゃないので大丈夫です！　それに、これ以上お待たせしたくありませんから」

「貴女の服装を想像しながら待っているので、この時間は好きですよ」

「ま、またそういうことを簡単に……！」

心の準備をしていたはずなのに、一瞬で頰が熱くなる。

何度も一緒に出掛けているのに、いまだにイルヴィスが同じ反応をしたことがない。

エマたちと似たような生ぬるい視線を向けてくる御者に耐え切れなくて、私は黙って馬車に乗り込んだ。

（使用人たちと仲良くなるとこういう時、ものすごく気まずいのよね……）

一度意識するとより気恥ずかしさが芽生えてきて、私は空気を変えるように話を切り出した。

「今日はどうして商店街に誘ってくださったのですか？　いつも人が多いからと屋敷に商人を呼んでいたのに」

「皇室御用達の宝石店が新作を発表したんです。せっかくなので、たまには一緒に歩いて回ろうと思いまして」

納得するのと同時に、自分の疎さに悲しくなった。他の貴族と交流を持っていないので、こういう情報が全く入ってこないのだ。

「勉強を休んで遊ぶのは初めてなのですが、なんだか悪いことをしているみたいでドキドキしますね」

「たまには悪くないでしょう？　特にアメリーはずっと頑張ってきたので、今日は自分へのご褒美だと考えて思いっきり楽しんでください」

「まだまだ勉強中ですから、褒められるほどでは……」

「人事権を手にして一か月で横領を暴いた方が何をおっしゃるのです。スザンナを筆頭に、屋敷の雰囲気が明るくなったのは間違いなくアメリーの努力の成果です」

こうも飾らない褒め言葉を受け取ったことはあまりない。どう返せばいいか分からなくて、とりあえずはにかんで見せる。

それからそう時間が経たないうちに、馬車が一度大きく揺れて止まった。どうやら目的地に着いたようだ。

先に降りたイルヴィスの手を取って馬車を下りれば、目に飛び込んできたのは華やかなお店だった。シンプルながらも優雅さを感じる外観に、ガラス張りの大きなショーウィンドウから華やかな店内が見える。

私が知っている宝石店より数倍も立派なお店に、思わずその場に立ち止まって見上げてしまった。

（ここが、皇室御用達の宝石店なのね……！）

尻込みをするもイルヴィスに手を引かれ、私は抵抗する間もなく中にエスコートされてしまった。

店内に足を踏み入れると、そこはまるで別世界だ。キラキラと輝く宝石が美しく展示されており、その華やかさに圧倒された私は思わず後ずさりをした。

「アメリー、どうかしましたか？」

イルヴィスは私の手を取ったまま、優しい声で問いかける。今だけこの手が拘束に思える。

「その、こういうお店って、慣れていなくて……」

『私、場違いじゃない？　もっと違う店にした方が良いのでは？』という言葉を遠回しに迂回を重ねて伝えた。

「すぐに慣れますよ。一緒にゆっくり見ていきましょう」

だけど、イルヴィスはやんわりと拒否した。そして私の手をしっかりと握ったまま、店の奥に入っていく。その道すがら、イルヴィスは私の耳もとに顔を寄せて小さな声で話した。

「豪遊するくらいの気持ちで良いんですよ。貴女は私の婚約者ですので」

「どんな身分でも豪遊はダメです」

冗談だと理解しつつも、半目でイルヴィスを見上げる。

しかしよく考えてみれば、イルヴィスの言いたいことも間違っていない、と思う。公爵夫人が宝石店に入るのをためらう、というのは確かにあまりよろしくない。……気がする。

(買わないにしても、堂々と見学できるくらいにはなるべきね)

そうと決まれば、私は気持ちを切り替えて店内を見回した。

どのケースにもキラキラと光るアクセサリーが並べられており、見たこともないような大きい宝石もたくさんあった。値札にあるゼロの数が多いだけあって、精巧な装飾が施されたネックレスはそれだけでも芸術品のようだ。

気づけば、私は夢中で店内を回っていた。

やがて目がチカチカし始めた頃、私はやっと我に返った。

ちらっとイルヴィスに視線を向ければ、ばちっと目が合った。

……間違いない、これはずっと見られていたやつだ。しかも場違いと言ってしまったのに、興味津々に見ていた自分がいる。今顔から火が出そうなほど恥ずかしい。

「おや、もういいのですか？」

「ご、ごめんなさい、つい夢中になっていました！　もう十分です！」

食い気味に答えれば、イルヴィスは頷いて店員を呼んだ。……店員を呼んだ？

「最後にこちらを包んでください」

「最後に？？」

理解できない言葉を繰り返す私に、イルヴィスは輝かしい笑みを浮かべた。

視界の隅で店員が慣れた手つきでアクセサリーを取り出すのが見える。

「他に足を止めて眺めていた物も包んであるのでご心配なく」

「他？？」

じっくりイルヴィスの言葉を吟味して、やっと状況を把握した。

（他って、私がゆっくり眺めていたもの全部!?）

どうやら夢中で眺めている間、イルヴィスは宣言通り豪遊していたらしい。

「あれは冗談じゃないんですか!?」

「宝飾品数個で豪遊と言われるのは心外なのですが」

「私は今恐ろしい価値観の違いに遭遇しました」

信じられないほどの額を容易に想像してしまって、胃の調子が悪くなった。しかしイルヴィスは渋い顔をする私を気にする様子もなく、店員と何かを話している。

「ねえルイ、せめて一つにしませんか？　私の体は一つしかないので、そんなにたくさんもらっても持て余してしまいます」

「毎日の気分に合わせてつければいいんです」

絶対に全部買うという強い意志を感じる。

何個買ったのかもわからないので、正直断りたい気持ちでいっぱいだ。しかし、これ以上人目が多いところで食い下がるのは躊躇われた。

「向こうで手続きを済ませてきますので、こちらで少し待っていてください」

「ハイ、ワカリマシタ」

ドッと疲れるのを感じながら、私は遠い目で店員と奥に向かったイルヴィスの背中を見つめた。

「あら、もしかしてローズベリー嬢ではありませんか？」

聞き覚えのない声に首を傾げつつ振り返れば、そこに居たのはよく似た男女の二人組だった。

突然名前を呼ばれて、私は肩を跳ねさせて驚いてしまう。

声をかけてきたのは、おそらく少女の方だろう。陽光を透かす金髪は柔らかく波打ち、猫のように吊り上がったアメジストの瞳は驚いたように私を見ている。その目を引く美しい容姿に、私はすぐに彼女がカレン・プリマヴェーラ公爵令嬢だと気がついた。

となれば、その隣の青年は彼女の兄であるジル・プリマヴェーラ公爵令息だろう。淡く輝く金髪も、宝石のような紫色の瞳もカレンとよく似ている。違いと言えば、柔らかく下がった目じりくらいだろう。

二人とも目を引く美形で、姿絵で一度見ただけなのにすぐに気づくことができた。

（後ろ姿で初対面の私に気づくなんて、私と大違い……！）

こうして同世代の令嬢に話しかけられたのは久しぶりで、私は戸惑いつつも笑いかける。

「えっと、お二人はプリマヴェーラ公爵家の……」

「まあ、わたしたちのことをご存じなのね！　嬉しいわ」

そう言って花が咲いたように笑うカレンは、まるでお姫様のようだった。

「わたしはプリマヴェーラ公爵家の長女、カレン・プリマヴェーラよ。よろしくね！　あ、家名だとお兄様と紛らわしいから、気軽にカレンって呼んでちょうだい！」

凄い勢いで距離を詰めてくるカレンに対して、ジルはその一歩引いた後ろで人当たりのよい笑みを浮かべていた。どこか薄幸そうに見えるのは、カレンの明るさに押されているせいだろうか。

「初めまして、俺はジル・プリマヴェーラ。はは、ローズベリー嬢は噂に聞いていたよりずっと可愛らしい方だね」

慣れない社交辞令にあいまいな笑みを返して、私も簡単に自己紹介を済ませた。

「ご挨拶が遅れました、アマリア・ローズベリーと申します。私のことも気軽に呼んでください」

じっと私の顔を見つめるカレンに戸惑いつつ、私も微笑みを返す。すると、カレンはぱっと笑みを浮かべて私の手を取った。

「ふふっ、じゃあアマリアって呼ぶわね！　わたし、ずっとあなたに会いたかったのよ？」

「私に、ですか？」

「だって、あの朴念仁なイルヴィス様の婚約者になった方なのよ？　気になるに決まってるじゃない！」

　カレンはそう言いながら、満足げに微笑んだ。

　まるでイルヴィスを知っているような口ぶりだが、そういえばジルは幼い頃から関わりがあったということを思い出す。その繋がりから、カレンもイルヴィスと親しくしていたのかもしれない。

「こらカレン、口が過ぎるぞ」

「やだ、事実だもの。アマリアだって冷たい人だと思うでしょう？」

　こちらに矛先を向けられてしまい、私は困ってしまった。

　イルヴィスと関わりがない他人なら失礼だと訂正すればいいのだが、カレンは友人だからこその距離感で冗談として言っているのかもしれない。

　プリマヴェーラ公爵家とランベルト公爵家は交流が多いからこそ、接し方に困る。私は少し迷って、角が立たないようにやんわりと否定することにした。

「そんなことありませんよ。確かにそういう噂もありますが、ルイにはいつも優しくしてもらっています」

「……ルイ？」

怪訝な顔をするカレンに、ハッとしてすぐに言い直す。すっかり癖になってしまったせいで、親しくもない相手につい愛称を口にしてしまった。

幸いにもカレンに怒る様子はなく、むしろ私が謝るよりも早く笑い飛ばしてくれた。

「ふふ、確かにお二人は仲がいいみたいね。余計な気遣いだったわ」

「そんな……」

「羨ましいわ。わたしはアマリアのように自由に恋ができないから」

その言葉で、空気が変わった。

「え？」

「公爵令嬢だから……家族のみんなは優しいけど、やっぱり自由に生きられなくて窮屈だもの。だから、気持ちさえあれば結婚できるアマリアが羨ましいわ」

口元に笑みを湛えつつも、カレンの目は全く笑っていなかった。

……どうしてだろう。妹のオリビアのようにこちらを馬鹿にした言葉は使っていないのに、あざ笑われているのが分かる。先ほどの気安い雰囲気は霧散して、カレンはまるで別人になったようだ。

「あーあ、イルヴィス様のような王子様がわたしのもとに来てくれればいいのに」

「……！」

「カレン」

「あら。冗談よ、お兄様」

急に敵意を突き付けられて、変化についていけなかった私は呆然とした。代わりにジルが小さくカレンを咎めたが、彼女は軽く流した。

(……私、嫌われてる？　さっきまであんなにも優しかったのに、急にどうして)

とっさに上手い返事が浮かばなくて、気まずい沈黙が場を満たす。ジルが気を遣って世間話を振ってくれたが、微妙な空気は残ったままで。

そんなところに、支払いを終えたイルヴィスが戻ってきた。

「アメリー、お待たせいたしました」

「あ、イルヴィス！」

ピタリと、イルヴィスが笑顔のまま固まった。そしてギギギと音が聞こえそうなほど、ぎこちない動きで私の隣に立つ。

「……イルヴィス？」

呼び方が違うことが気に入らないらしい。イルヴィスは不満そうに眉をひそめている。

「ルイ、でしょう？」

他の貴族がいる手前、愛称で呼べないということはイルヴィスも知っているはずなのに、引く様子が全くない。どうこの場を乗り切ろうかと悩んでいたその時、カレンから驚くほど冷ややかな声が聞こえた。

「……本当に、仲がいいみたいね？」

「……おや、貴方たちは」

その声に反応して、イルヴィスが驚いたようにカレンたちを見た。……まさか、気づいていなかったのだろうか。

「もう！　イルヴィス様ったら、こんな可愛い婚約者を一人にしちゃダメじゃない！」

一瞬でカレンの顔に晴れやかな笑顔が戻り、張り詰めた空気は消え失せる。あまりの変化に、私はしげしげとその顔を眺めてしまう。

「この度はご婚約おめでとうございます、閣下」

「ええ、ありがとうございます」

親しげなカレンとは違い、ジルは畏まった様子でイルヴィスに挨拶した。

ジルとイルヴィスはそんなに歳は離れていないけど、爵位をすでに継いだ分イルヴィスの方が身分が高い。……だけど身分差を考慮しても、小さい頃から交流があるわりには距離を感じるような。

「それにしても、まさかこんなところでお会いするとは思いませんでした」

「まあ、それはこっちのセリフよ！　イルヴィス様を宝石店でお見掛けする日が来るとは思わなかったわ」

「はは。人生、何が起きるか分からないものです。恋人を着飾らせることがこんなに楽しいとは思いませんでした」

「……っ、イルヴィス様の恋人は、幸せ者ね」

ずっとにこやかだったカレンの顔が悔しげに歪められる。

すぐに取り繕ったけど、じっと彼女を見つめていた私はそのわずかな変化を見逃さなかった。その隣で、気まずそうに視線を逸らしたジルのことも。

(カレンはイルヴィスに想いを寄せているんだわ……!)

のん気に友達になれるかも、と考えていた自分が恥ずかしい。イルヴィスが令嬢たちの憧れであると知っていたはずなのに。

それから、私は気が気じゃなかった。

昔からの知り合いらしく、カレンは私が入り込めない話題を選んでイルヴィスに話しかけ続けている。次から次へとすごい勢いで飛び出してくる思い出話は、彼女よりもイルヴィスと親しいはずのジルさえ置き去りにする勢いだ。

(ルイもあんまり楽しくなさそうだけど……なんでだろう、少しもやっとする)

イルヴィスの返事はそっけないけれど、私の知らない情報が否応なしに耳に入ってくるのは凄く寂しい。

俯きそうになるのをぐっとこらえていると、カレンの横に立っているジルと目が合った。

なぜか同じく暗い表情をしていた彼は、私の視線に気がつくと人のいい笑みを浮かべた。

途端、イルヴィスが私の腰に腕を回して抱き寄せた。

「る、ルイ……？」

「そろそろいい時間ですし、私たちは先に失礼させていただきますね」

「イルヴィス様も小さい頃は……えっ？」

急に話が切り上げられて、カレンは虚を衝かれたような表情をした。

「……え、ええ、そうね。アマリアとも友人になれたし、おしゃべりはまたお茶会でしましょう。引き留めてしまってごめんね」

「い、いえ。声をかけてくれて嬉しかったです」

友人だなんて少しも思っていないだろうに、カレンは何てことないようにそう言ってみせた。当たり障りない返事をして、私はイルヴィスにエスコートされるまま出口に向かう。

そしてカレンとすれ違う瞬間、小さいながらも底冷えするような声が聞こえた。

「泥棒猫」

はっとして振り返れば、お手本のような笑みを浮かべるカレンがいた。笑顔は威嚇だということを聞いたことがあるが、確かにその通りだ。

「アメリー？　どうかされましたか」

「あ、いえ。なんでもありません」

結局私たちが店から出るその瞬間まで、カレンの視線は背中に突き刺さったままだった。


カレンたちと別れたあとも、私はイルヴィスと色んな店を見て回った。

だけど別れ際に聞こえた言葉が耳から離れなくて、私の思考はカレンのことでいっぱいだ。せっかくのお出かけなのに、気づけばさっきのことを考えながら街を歩いている。

そんな私を見かねて、イルヴィスは心配そうにこちらを覗き込んだ。

「疲れてしまいましたか？　久しぶりの外出なのに、たくさん歩かせてしまいましたね」

「ごめんなさい、疲れているわけではありません！」

上の空だったことに罪悪感を覚えつつ、慌てて否定する。

普段は庭園で散歩しているし、ダンスの授業にも毎日励んでいる。決して体力の問題ではないのだ。

「宝石店の後からずっと元気がないように見えますが……宝飾品をたくさん買ってしまったこと、本当はご迷惑でしたか？」

「それはありえません！　いえ、あのような高価な贈り物をたくさんいただくのは確かに困るんですけど、迷惑などでは絶対にありません！」

「では、元気がないのはジルたちと関係ありますか？」

疑問形を取っていたが、確信をもっている声色だった。

イルヴィスと並んで歩きながら、私は躊躇いつつもカレンのことを尋ねた。

「その、カレンとは、どのようなお付き合いがあるのですか？」

イルヴィスは少し驚いた顔をしてから、首を傾げた。

「公爵家同士、ジルとはそれなりにお話ししますが……カレン嬢とは特に個人的な関わりはありませんよ。数度パーティーでお話ししたくらいでしょうか」

「へっ？　そうなんですか？」

「？　ええ、そうですね」

どうでもよさそうに答えるイルヴィスに、逆に驚いた。

カレンはあんなにも熱心に昔の思い出を語っていたというのに、イルヴィスには特筆すべき記憶はないようだ。

「結構お話が弾んでいたようなので、仲がいいのかと思っていました」

「まさか。ほとんど聞き流しているだけですよ」

イルヴィスの言葉に、心のもやもやが晴れていく。

どうやらカレンの片思いらしい。しかもこの様子だと、イルヴィスはカレンの気持ちにも気づいていないいんじゃないだろうか。

「……てっきり、アメリーはジルに興味があるのかと思いましたが」

ホッと息をつく私に、イルヴィスは徐にそう切り出す。

しかし考え込んでいたせいでわずかに反応が遅れてしまい、言葉を聞き逃してしまった。

「ごめんなさい、考え事をしていました。何かおっしゃいましたか？」

「いえ。かなりカレン嬢のことを気にされているな、と」

しまった。カレンだけじゃなくて、ジルも含めて尋ねるべきだった。

目を泳がせて言葉を選んでいると、イルヴィスが目を細めてこちらを見ていることに気づく。どこか楽しげにさえ感じる雰囲気のまま、イルヴィスは口を開いた。

「……もしかして、やきもちですか？」

「えっ、やきもち？」

……言われてみれば、確かにそうなのかもしれない。

自分でもはっきり自覚していなかった気持ちを指摘されて、思わずさっきまでの言動を振り返る。そうするとじわじわと恥ずかしさがこみあげてきて、余計に顔に熱が集まった。

そんな私を嬉しそうに見つめるイルヴィスを見ていられなくて、顔ごと逸らす。

「はは、これは嬉しいですね。まさかアメリーが妬いてくれるとは思いませんでした。可愛い人、私をどうしたいのですか？」

「……かわいくありません」

「いえ、とても可愛らしいです」

食い気味に反対されて言葉に詰まる。

さらに俯いて顔を隠そうとすれば、イルヴィスの手が頰に触れてきて、そっと上を向かされた。まったく力が入っている感じじゃないのに、少しも顔を逸らせない。

「……本当に可愛い。可愛いので、もっとたくさん妬いてください」

「そ、外であまりそういうこと言わないでください！」

「外じゃなければいいのですか？」

「本当に怒りますよっ！」

そう言えば、イルヴィスは意外にも大人しく放してくれた。いつもこれくらい聞き分けがいいのならよかったのに。

「カレンのことを聞いたのは……その、友人になったので、彼女のことを知りたくなっただけです！」

あまりイルヴィスにカレンのことを意識してほしくないので、私は適当に誤魔化した。

「そうでしたか。アメリーのお力になりたいのはやまやまなのですが……さっきも言った通り、私もカレン嬢のことはよく知らないのです」

「いえ、あまり気にしないでください！　いつか知る機会があると思うので」

このままカレンのことを調べられたら困る。イルヴィスが本気になれば、すぐにカレンの気持ちに気づくだろう。それは避けたい。

　しかしそんな私の考えとは裏腹に、イルヴィスは突拍子もない提案を持ち出した。

「でしたら、お茶会を開くのはどうでしょう？」

「えっ、お茶会ですか？」

　堅実な親睦を深める方法を提案されて、返答に詰まる。

　カレンと仲良く、もしくは和解してお茶会するイメージが全く出てこない。

「カレン嬢に誘われていましたし、いきなり向こうに呼ばれるよりは緊張しないと思いますよ」

「私が先にカレンを招く、ですか……」

　確かに、お茶会は私にとって未知の領域だ。

　カレンの様子から考えて、このまま関わらないでいることは難しいだろう。しかも私には友人どころか、知人と言えるほどの令嬢も居ない。カレンが開くお茶会に参加した暁には、孤立無援で戦うことになるはず。

　それなら、こちらから場を設けたほうがいい。そこで他の令嬢と友人……は難しいとしても、知り合いくらいになれたら儲けものだ。

（貴族リストには、カレンは明るくて気品にあふれた令嬢だと書いてあったのに……）

　ふと、授業でスザンナが何か言いかけていたことを思い出す。

確か、カレンの話で呼び止められた気がするが、もしかしてスザンナはカレンに何か思うところがあるのだろうか。帰ったらさっそく話を聞いておこう。

(カレンとは、友達になれるかもって、思ったんだけどなあ)

とはいえ、イルヴィスと婚約した時点でいつかこういうことが起きるのは分かっていた。年齢問わず女性の興味を一身に受けていたし、覚悟はしていたからショックはそこまで酷くない。

「分かりました! お茶会のことは前向きに考えてみます」

「そう気張らずに、何か手伝えることがあったらおっしゃってください。いいですか? 料理長の時のように心配させないでくださいね」

あの時のことを相当気にしているようで、イルヴィスは念を押すように笑みを深くした。

(でもお茶会には他の令嬢も招待するつもりだから、もっと細心の注意を払わないといけないわね)

そもそもカレンが料理長のように暴力に訴えるとは思えないが、私は素直に頷いた。

だって、イルヴィスの圧がすごいんだもの。

幕間　公爵家の裏にて

毎月最後の日は月に一度、ローズベリー伯爵家の管理者から報告を受ける日である。

アメリーも参加するか、あるいは報告書のみで済ますのかはまちまちだが……込み入った話があるときは彼女に席を外してもらっている。ちなみに今日は後者だ。

実家の話でアメリーを遠ざけるのは心苦しいが、王命で伯爵家の管理は私に任されている。私たちの子どもに伯爵家を継がせるという約束を陛下に取り付けたけど、後継者が育つまでの間は私が当主だ。

私は執務室で伯爵家に送った管理者――ニコラから渡された伯爵家の報告書に目を通した。

「へえ。プリマヴェーラ公爵家の密偵が伯爵家に」

「といっても、適当に金を握らせたような輩でした。おそらく本格的に調べるつもりはないのでしょう」

「もしくは、本格的な調査をお願いできなかった、ですね」

そう言って微笑みかければ、私の言いたいことを察したニコラは分かりやすく顔をしかめた。

「閣下はプリマヴェーラ公爵家の現当主ではなく、そのご子息が雇ったと考えているのですか？」

「そういう可能性もある、と示したまでですよ」

『管理者』とは表向きの呼称で、もともとニコラは伯爵家を監視するために送った存在である。

当初は伯爵夫妻やオリビアの動向を把握するためだったが、思ったよりも馴染んでくれたのでそのまま伯爵家の管理を任せたのだ。公爵家がある以上、私が伯爵家に長らく留まれないからである。

こうしたニコラの察しの良さを目の当たりにするたび、その判断は間違っていなかったと確信する。

「そういえば、貴方はプリマヴェーラ公爵家についてどれくらいご存じです？」

密偵が伯爵家に現れた以上、彼にも状況を共有すべきだろう。

「そうですねぇ、やっぱり最初に思い浮かぶのはプリマヴェーラ公爵令嬢が閣下にお熱って話ですが……まさか、ご令嬢と何かありました？」

「ふふ、さすがの状況把握力ですね」

「お褒めの言葉よりも否定して欲しかったですね……」

顔を丸めた紙よりもしわくちゃにしたニコラは、胃を押さえながら肩を落とした。

「それで、どうしてご令嬢が急に密偵を雇ったんです？　今まで他の令嬢方に堂々と牽制、くらいのことしかしていませんでしたよね？」

「私が婚約したからでしょう。しかし密偵とは……まさか、カレン嬢がまだ自分の気持ちに見切りをつけていないとは思いませんでした」

カレンが自分に想いを寄せていることには、社交界で噂になるまで気づかなかった。

言い訳ではないが、彼女と出会ったころから私にはアメリーしか居なかったし、そもそもジルの妹という認識しか持っていなかったのだ。噂に気づいてすぐに距離を取ったが、あまりうまくいったとはいえない。

同じ公爵家の嫡男であるためか、小さい頃のジルは私に闘争心を持っていた。パーティーで頻繁に声をかけられるので、必然的にカレンとも交流があった。

他の女性を遠ざけていたのも手伝って、彼女に変な期待をさせてしまったらしい。

（厄介なことに、カレン嬢は一度も自分の気持ちを口にしていない。告白の一つでもしてくだされればはっきりと断れるのですが……噂程度で公爵令嬢相手に失礼なことはできない）

そもそもアメリーが手に入らなかったとしても、私がカレン嬢と婚約することはない。

五公とは互いに一定の距離を保っているべきであり、力が偏らないように牽制しあうべきなのだ。婚姻で繋がりを持つことなど許されるべきではない。

だからこそ社交界でどれほど噂になっても、娘にとことん甘いと評判のプリマヴェーラ公爵夫妻でも、私に婚約の話を持ち掛けてこなかったのだ。

そのうちカレンも事情を理解すると思っていたが——

「私が言うのもあれですが、まさか婚約してもまだ諦めないとは思いませんでした」

「ははっ、本当に閣下が言えたことじゃないですね」

「働きたくないとよく言っているようですが、明日から自由気ままな生活を始めますか？」

「二十代で無職は勘弁してください……」

顔色が悪くなったニコラが全力で首を横に振ると、話を無理やりそらした。

「それにしても、婚約した後に密偵なんて……今さらアマリア様のことを調べてどうするんで、すか……」

ニコラがハッとしたように口元を押さえた。

「まさか、閣下とアマリア様の婚約を破棄させる『理由』を探しているんです？　いや、公爵令嬢ともあろう方が、そんな」

「恋とは人を変えるものですから。そういうわけですので、密偵を雇ったのはカレン嬢で間違いないと思います」

兄であるジルの可能性も完全に排除はできないが、彼はもうすぐ受け継ぐことになるプリマヴェーラ公爵家で手いっぱいのはずだ。代替わりという大事な時期に、このようなスキャンダルになりえる色恋沙汰に首を突っ込むとは思えない。

ジルは確かに家族に甘い人ではあるが、同時に貴族らしく利も考えられる性格だ。……それに次期公爵になる彼なら、もっと良い密偵を使うはずである。逆に、お姫様のように大切に育てられたカレンには、密偵の質を見分ける術がない。

おそらく私と同じ考えにたどり着いたニコラは、再び大きなため息をついた。

「閣下はこれからどうするおつもりですか？　裏で解決……は難しいでしょうし、かといって五公がこんなことで騒ぎ立てたらそれこそ笑いものですよ。閣下もプリマヴェーラ嬢に情があるでしょうし」

「そんなものはありませんよ」

「エ」

ためらわずに言い捨てれば、ニコラが戸惑ったように声をあげた。それに構わず続ける。

「アメリーが傷つくようなことがありましたら、たとえ誰であろうと見逃すつもりはありません。そもそも、カレン嬢に友人の妹以上の気持ちを抱いたことはありませんよ」

「うっっわ」

引きつった顔をしたニコラの口から洩れたのは、驚愕と軽蔑が混じり合った一声だった。

「もちろん、穏便に解決できるのであればそれが一番ですよ」

にこりと笑みを浮かべれば、ニコラはすぐに口をつぐんだ。賢明な判断である。

「そういうわけですので、カレン嬢を今までのように放置するつもりはありません。貴方は変わらず伯爵家を運営しつつ、プリマヴェーラ家の密偵を捕らえてください」

「はい、そちらはお任せください。……ところで、どうして今日はアマリア様を同席させなかったんですか？　こういうことは知っておいた方がいいと思うんですけど」

「――彼女が、ずいぶんとカレン嬢を気にしているんです」

「……はあ」

だからなんだとでも言いたげに、ニコラは気の抜けた返事をした。

「このまま仲良くなって、後々カレン嬢に裏切られてしまったら、アメリーが悲しんでしまうでしょう？」

「あー、ハイ。ソウデスネ」

「かといって全部話して、不安にさせたくもありません。デリケートな時期ですし」

特にアメリーは、婚約期間に浮気されたことがあるのだ。今はもう暗い表情を浮かべることはなくなったが、カレンの話を聞いていい気分はしないだろう。

できればアメリーが気づく前に、すべて穏便に片づけてしまいたい。

（カレン嬢に諦めるように仕向けるしかありませんね。しばらく彼女の動向に注意しておくとしましょう）

椅子に腰かけたまま、ちらりと背後の窓の外に視線を向ける。

少し離れた庭園には、アメリーが忙しなく動いている姿があった。その周りにはスザンナをはじめとした使用人たちがいて、おそらくお茶会の準備を進めているのだろう。

今まで他人と関わる機会を奪われていた彼女にとって、初めてのお茶会だ。スザンナの話を聞いているだけでも入念に準備をしているのが分かる。使用人たちもそれに応えようと熱心に動いており、彼らがここまで張り切っているのは、偏にアメリーが一人ひとり向き合ってきたおかげだろう。

庭園に広がる光景に誇らしさと愛おしさが胸を満たしていくものの、やはり寂しさは残るもので。

その感情を流すように紅茶を口にすれば、この紅茶をおいしいと言っていたアメリーの笑顔が自然と脳裏に浮かんだ。忙しいのは分かっているのに、どうしようもなく会いたくなってしまう。

二人で過ごす時間を確保するためにも、早くカレンの件を片付けなければならない。これからやるべきことを頭の中で整理しながら、私は席を立った。

「さて、しばらく忙しくなりますよ。貴方は事が落ち着くまで公爵邸に来なくて結構です」

「はあ……またひと騒ぎが起きそうですね」

第六章 ― 波乱に飛び込む

スザンナやエマたちに協力してもらって、入念にお茶会の準備を進めること一か月。

いよいよお茶会の日がやってきた。

今回は既婚未婚問わず、ランベルト公爵家と敵対していない家門で私と年が近い女性を招いた。十数人の招待客の中にはもちろん、カレンもいる。

開始時刻が迫ってくる中、私はドレスルームでエマとミラによって念入りに磨かれていた。

「ねえ、エマ……今日はお茶会よ？　このドレスはとても素敵だけど、ちょっと気合が入りすぎてないかしら」

真剣な顔で髪を整えているエマに、私は思わずそう尋ねた。

身にまとう薄桃色のドレスには複雑で精緻なレースの装飾が施されており、ウエストを緩やかに絞り上げるリボンがドレスの豪華なスカートと共に優雅なシルエットを描いている。髪には同じ柔らかなピンク色の花々を編み込んであり、こう……全体的に私がイメージするお茶会の装いより少し華やかな気がするのだ。

「何を言っているのですか！　今日はカレン様もいらっしゃるのでしょう？　ならばただのお茶会ではなく戦・場・ですっ」

「ご友人との談笑であれば軽装でも問題はありませんが、本日はお嬢さまのお披露目のようなものです。気合を入れるべきかと」

「デビュタントじゃないのよ？　それにお披露目なら、婚約パーティーでしたと思うけど」

「そちらにはイルヴィス様の御身内しかいらっしゃらなかったじゃありませんか」

　ミラの指摘に、それもそうかと納得する。

　思い返せば、伯爵家にいた頃はウィリアムに制限されてパーティーすらろくに参加できなかった。それにいつも地味な格好をしていたから、パーティーに参加したとしても遠巻きにされていたのだ。

（……もしかして、誰も私のことを……知らなかったり……）

　凄く悲しい事実に気づいてしまった。

　いや、逆にあの頃の私を知られなくてよかったと思うべきだろうか。友人は今日のお茶会で作れるし……わ、悪いところばかりじゃないよね！

「おそらく招待客の皆様もお嬢様がどんな人か見極めようと考えていると思いますので、服装に手を抜いてはいけませんよ」

「私はもっと目立ってもいいと思いますけどね！　今までの分を取り返しましょう！」

「……うん、二人の言う通りね！」

二人に背中を押されるように、私も覚悟を決める。

ドレスは女の戦闘服とも言うし、ずっと社交界で戦ってきたカレンに負けないためにもこれくらい着飾るべきかもしれない。

何より、昔の自分から変われたことに自信を持ちたかった。

「二人とも、身支度を手伝ってくれてありがとう。私だけだったら、こんなことまで思い至らなかったわ」

「それが私たちの仕事ですから！」

嬉しそうに胸を張るエマたちに再度お礼を言って、私は会場である庭園に向かった。


十人ほど座れる大きな円形のテーブルには薔薇の模様が入ったテーブルクロスが敷かれ、庭園の隅々まで花が見事に整えられている。セッティングまで抜かりなく、一部使用人はすでに定位置にて待機をしていた。

心を込めて準備した会場を見渡し、私はすれ違う使用人たちに感謝を伝えていく。彼らの力がなければ、この日は成り立たなかっただろう。

「アマリア様、そろそろ招待客が見え始めるころです」

「もうそんな時間なのね」

スザンナの言葉と重なるように、門の方から馬の嘶きが聞こえた。

それからほどなく、私が招待した令嬢や夫人たちが次々と会場にやってくる。彼女たちは皆公爵邸を興味深そうに眺めていたが、私の姿を見つけるとすぐに表情を余所行きの笑顔に戻した。

「はじめまして、アマリア嬢。私はウィラ・ルアードですわ。本日はお誘いいただきありがとうございます」

先頭を切って挨拶したのは、美しいラベンダー色の髪を持つ令嬢だった。ルアードと言えば、招待客の中でカレンを除けば一番高い侯爵位の家門だったはずだ。

柔らかく垂れ下がった目と同じく、ウィラの口調もとても穏やかである。おかげで緊張が少し解れて、普段通りに笑って挨拶を返すことができた。

「それにしても、さすがは音に聞く公爵家の庭園ですわ。一面の花、というのはこのような光景を表すのでしょう」

「素晴らしい審美眼を持つルアード家のウィラ様に褒めていただけるなんて、本当に光栄です」

そういえば、ウィラは薄紫の瞳を丸くした。

「まあ、我が家門が芸術家の後援をしていることをご存じなのですか？」

「もちろんです！　公爵家にも何人かルアード家の支援を受けていた方がいますが、みんな口を揃えてルアード家を称賛していましたよ」

公爵家にはお抱えの画家や音楽家が何人かいるが、彼らはほとんどルアード家の支援を受けていた人たちである。使用人たちと仲良くなった過程で彼らとも話すようになり、そこで頻繁に話を聞かされたのだ。

「まあ、そうなんですね。父も喜ぶでしょう」

「実は今日ウィラ様を招待したのも、彼らに話を聞いたからなんです。お会いするのを楽しみにしておりました」

「……そう言ってくださるのはアマリア嬢だけですわ」

ウィラは控えめながらも、嬉しそうに微笑んだ。

この話題は少し賭けだったが、どうやら成功したらしい。ルアード家は様々な方面の芸術家を支援しているが、成功した後は抱え込むのではなく、その才能を存分に生かせるように自由にさせているのだ。そのため、頭角を現した者ほど才能磨きや財を求めてルアード家から離れてしまう。

何代にもわたって続いていることだから、利益はちゃんとあるのだろうが……芸術家を輩出するだけのように見えるルアード侯爵家をルアード工房と呼んで馬鹿にしている貴族が存在するのだ。中には家門を繁栄させるために芸術家を使いつぶしているという噂もあり、ルアード家を悩ませている。

「ふふ、ランベルト公爵様がアマリア嬢を選んだ気持ちが分かりますわ」

少し距離が縮まった気配に、心の中でスザンナにお礼を言う。こんな風に会話できたのは、彼女のスパルタ教育のおかげだ。

柔らかく微笑むウィラに釣られるように、様子を窺っていた他の令嬢もぞろぞろと近づいてきた。彼女たちを席に案内しながら、まだ到着していない人数を確認する。

(三人か……でもこれ以上待たせられないわね。後から到着する方はスザンナに案内をお願いしよう)

やがて挨拶が一段落して椅子に腰を下ろすと、薄桃色の髪をアップにした若い令嬢が待っていましたとばかりに目を輝かせた。

「アマリア様、ランベルト公爵様との出会いはどのようなものだったのですか？」

そのセリフに、視線が一気に私に集まるのが分かる。すでに結婚している方もいるのだが、みな興味津々といった様子だ。

「あの公爵様が急に婚約を決めたほどですものね！　それほどまでにアマリア様に惹かれたにちがいないわ」

「ええ！　わたくしも素敵な旦那様を捕まえたいので、ランベルト様の御心を射止めた方法をぜひお伺いしたいわ！」

怒濤の質問に、私は思わずのけぞりそうになった。

絶対にこの手の話題になると分かっていたから、あらかじめエピソードは考えてあるのだけれど、予想外の勢いに気おされてしまう。

そして結局、その話をすることはなかった。

「まあ、わたしもそのお話を聞きたいわ！」

盛り上がった空気を変えるように、明るい少女の声が遮ったからだ。

令嬢たちは私の話に耳を澄ましていたので、闖入者に驚いたように視線を向ける。

私も同じように振り向けば、二人の令嬢……おそらく取り巻きを伴ってこちらに近づくカレンの姿が見えた。

「ごめんなさい、遅れてしまったかしら？」

注意を自身に集めるため、彼女はわざと遅れて声をかけてきたのだと気づく。

申し訳なさそうに眉を下げたカレンに、私はにっこりと笑みを浮かべる。

「大丈夫ですよ。まだ始まったばかりですので」

「本当？　ならよかったわ！　ずっと今日のお茶会を楽しみにしていたんですもの。たくさんお話を聞きたいわ」

カレンはそう言うと、満面の笑みを浮かべたまま空いていた席に着いた。

円形のテーブルを取り囲むように私に近い席から埋まっていったので、カレンとその取り巻きはちょうど私の向かい側だ。対談のようで少し落ち着かない。

始終明るい雰囲気だったけど、カレンの到着で令嬢たちの間にどこか気まずい空気が流れ始める。スザンナから聞いた話だが、カレンがイルヴィスに片思いをしているのはかなり有名な話らしい。

（イルヴィスは女性に興味がなかったし、そういう話は耳に入らなかったのかも）

ランベルト家とプリマヴェーラ家の親交を考えると、私はカレンを招待しないと角が立つ。だけど招待したという事実さえあれば、用事があると断る分には問題ない。

招待客が誰も空席に言及しなかったのは、カレンの席だと察した上で来ないと思っていたからだろう。令嬢たちはお互いに視線を投げ合い、会話を促そうとしている。

こんな微妙な空気になるのは分かっていたのだろう、カレンは気遣うような空気を無視して朗らかに口を開いた。

「あら、みんなどうしたのよ。もしかしてわたし、お話を邪魔してしまったかしら」

「い、いえ！　ただの世間話でしたので、お気になさらず」

イルヴィスの話をしていたとは言えず、令嬢たちはホホホと笑って誤魔化した。

「まあ、でしたらそのまま続けてくださって結構ですのよ？　どんなお話をしていたのかしら」

「えっと……それは……」

「ごめんなさい、少し意地悪だったかしら。イルヴィス様のお話をされていたんでしょう？　みなさん盛り上がっていたので、実は少し聞こえてしまったんです」

ごめんなさいと続けたカレンに、再び空気が凍る。

「ふふ、困らせるつもりはなかったのよ？　昔から親しくしてもらっているイルヴィス様の話、わたしも興味があったから……わたしもアマリアたちの馴れ初めを聞きたいわ」

「え、ええ……カレン様がそう言うのであれば」

「アマリア様さえよければ、わたくしたちは構いませんわ」

笑顔を崩すことなく次々と話題を振るカレンに、令嬢たちは警戒心を下げていく。おそらく怖いもの見たさもあるだろう。令嬢たちは私とカレンに興味深そうな視線を向けている。

「特別面白い話はありませんが、それでも良ければ」

いっそ恐ろしいほど明るいカレンに、私は警戒しつつ表面上は穏やかに答えていく。あわよくばお茶会の空気を悪くしようと目論んでいるようだが、その手には乗らない。

しばらくして周りの緊張も解れ始めた頃、カレンは一歩踏み込んできた。

「ふふ、アマリアから聞くイルヴィス様はまるで別人ね。彼にそんな一面があるなんて知らなかったわ。お二人は本当に仲がいいのね」

「ま、まあ、恋人だけに見せる顔ってありますもの。わたくし、そういうのには憧れますわ」

カレンがそう嘆くと、近くに座っていた令嬢が慌てたように答える。

良くない空気を察したウィラが、話題を変えようと声をあげた。

「とても気さくに話をされているようですが、カレン様はアマリア様と親しいのですか？」

「ええ！　……といっても、最近知り合ったばかりなのだけれど」

「まあ、すでにお会いしていたのですね。さすがランベルト公爵様の幼馴染みですわ」

その言葉を待っていたかのように、カレンの傍に控えていたそばかすの令嬢が話を広げた。

（今の話に、幼馴染みは関係ない気がするのだけれど）

私に優位性を見せたいのだろう。カレンの取り巻きがここぞとばかりにカレンとイルヴィスの親しさを語った。話を聞いていると、まるで私が邪魔者になった気分だ。

イルヴィスを疑うわけではないが、カレンの話だけ聞けば確かに『特別親しい』と言える程度には親交があるように思える。もちろんよく聞けばすべてジルを介している上、パーティーのような場でしか会っていないと分かるが……。

消えていたもやもやが、再び頭をもたげた。

「幼馴染みといっても、友人と変わらないわよ？」

「まあ、何をおっしゃいますか。今まで公爵様がまともに会話する女性なんて、カレン様しかいなかったではありませんか」

「そうですよ、カレン様は特別な存在に違いありません！」

「そうだったかしら。イルヴィス様はいつも素っ気なかったから、まったく気づかなかったわ。おかげで恋心はすっかりボロボロよ」

そこまで言うと、カレンはハッとしたように私を見た。わざとらしい、申し訳なさそうな顔で。

「ごめんなさい、恋と言っても子ども頃の話よ！　今はもう、もう一人の兄だとしか思っていないわ！」

「あんなに素敵な人ですから、憧れてしまうのは当然です。それに昔のことのようですし、お気になさらないでください。それに」

一度言葉を区切って、みんなの興味を惹く。

そして笑顔を作って、まっすぐカレンを見つめ返した。

「カレンのことはよく知らないとイルヴィスも言っていたので、変な心配はしていませんよ」

言外に、今までの『思い出話』はカレンの一方的な思い込みだということを含ませる。

あれだけのことを言われたのだ、このくらいは返しても問題ないだろう。

「……っ」

正しく私の言葉を読み取ったカレンは言葉に詰まり、わずかに顔をしかめた。すぐに笑顔を取り繕ったものの、私を見据える瞳からは怒気を感じる。

「そ、そう言ってくれて嬉しいわ。アマリアが気にしていないなら、わたしのことも家族のように思っていいのよ？　何年も幼馴染みをやっているから、何か悩みがあれば力になれると思うわ！」

どうやら、最後まで仲がいいという話で突き通すらしい。

苦しいながらも、カレンは『わたしの方がイルヴィス様に詳しい』という態度を崩さない。

「ありがとうございます。その時は頼りにさせていただきますね」

「もちろん、イルヴィス様以外のことでもいいのよ。ほら、アマリアは伯爵令嬢でしょう？　慣れないことも多いと思うし、万が一イルヴィス様に迷惑をかけたら大変よ」

なかなか思い通りの反応をしないからか、カレンは機嫌が悪いようだ。一応は取り繕っていた言葉にほころびが生じている。

せっかくのお茶会でこれ以上空気を悪くしたくないのだが、そう言われて黙っているようじゃ示しがつかない。気が重くなりつつも、私は口を開いた。

「そう言っていただけてとても嬉しいのですが……どんな小さな悩みでもイルヴィスがすぐに気づいてしまいますので、カレンの手を煩わせるようなことはないと思います。お気持ちだけいただいておきますね」

我ながら、少し攻めた言葉だと思う。

でも遠回しに言っても流されてしまうので、一度はっきりと言い返す必要がある。

他の令嬢が息をのむ気配を感じながら、私はじっとカレンを観察した。

「……勘違いさせちゃったかしら。下心からではなく、わたしはただイルヴィス様の負担を減らしたいと思っただけなんです」

そう言ってカレンは持っていたカップをガチャン、と強めにテーブルに置くと、さらに語気を強めた。

「そんな純粋な心配すら深読みしてしまうアマリアを想って言っているのよ？　これがわたしだったからいいけど、社交界で間違いを犯してしまったらイルヴィス様に迷惑が掛かるわよ」

「お言葉ですが――」

怒りで震えているカレンに言葉を返そうとしたその時。

「アメリーにならどんなに迷惑をかけられたって大歓迎ですよ」

背後から腕が伸び、そのまま私の手を覆うようにテーブルにつく。そのなめらかな指は、間違いなくイルヴィスのものだった。

「る、ルイ!?」

その場にいた者がみんな目を丸くしてこちらを向いた。

「どうしてこちらに？」

我に返ってイルヴィスに問いかければ、とても爽やかな笑顔が返ってきた。

「たまたま近くを通ったんです」

「たまたま……？」

確かに今日は屋敷に居ると知っていたが、まさかお茶会に顔を出すとは思わなかった。主人が挨拶するのはないことじゃないけど、イルヴィスは女性が多いところが苦手なのだ。

混乱している私に微かな笑みを浮かべると、イルヴィスは驚き固まるカレンに視線を向けた。その手はいまだに私の手を覆っており、時折からかうように手の甲を撫でられる。

それどころじゃないのに、意識が自然と向くのでやめてほしい。あと人目があるところは本当に恥ずかしい。

「い、イルヴィス様……」

その光景を見せられたカレンが、絞り出すような声で小さくつぶやく。

「お邪魔してすみません。せっかく楽しんでいるところに無粋かと思ったのですが、私の生きがいが奪われてしまいそうだったので、つい飛び出してしまいました」

「生きがい……?」

アルカイックスマイルを張り付けたイルヴィスに、カレンは小さく聞き返すのが精一杯だった。

「可愛い婚約者に頼られて、たくさん甘やかすことですよ」

「……っ」

「まあっ!」

同じ驚きでも、カレンとウィラたちの反応は真逆だった。

ウィラたちは頬を赤らめて、まるで恋愛小説でも読んでいるかのような様子に対して、カレンは信じられないものを見たような顔だった。

その反応を楽しむように、イルヴィスは言葉を続けた。

「私にとって、愛しい人に頼られるのは何よりの幸せです。アメリーを気にかけてくださるのは嬉しいですが、私から歓びを奪わないでくださいませんか?」

へりくだった言い方だったが、間違いなくカレンの選択肢をなくしていた。こうなってしまえば、彼女の答えは一つしかない。

「そうとは知らず、出過ぎた真似を、しました。……こんなに愛されて、アマリアは幸せ者ですね」

縛り出すような声を最後に、カレンは俯いて黙り込んでしまった。彼女の取り巻きが心配そうに見ているが、どうすればいいか分からないようだ。

それを一瞥すると、イルヴィスは名残惜しそうにしつつも私から離れた。

「水を差してしまったようで失礼しました。皆様にもご挨拶できたので私は戻りますが、気にせずゆっくり楽しんでいってくださいね」

そして別れ際、私の頬に軽く触れるような口づけを落とした。

「……っ！」

立ち上がって逃げ出さなかった私を褒めてほしい。

釣り上げられた魚のように口をパクパクさせるだけの私に、イルヴィスは楽しそうに微笑むと屋敷に戻っていった。

おかげで残された私は、この上なく気まずい思いでお茶会を続けることになってしまった。

「ふふっ、素敵な物を見てしまいました……！　まるで演劇を見ている気分です！」

「わたくしもですわ！　あの公爵様も恋するとあんなにもお変わりになるのね！」

案の定、とても盛り上がっていた。さっきとは別の居心地悪さ、だけど格段に話しにくい空気を前に、私はあいまいに笑うしかない。

「そういえば、お二人とも愛称で呼び合っていましたわね」

「ええ、私も確かに聞きましたわ！　出会って間もないようですが、とても親しいのですね」

「羨ましいですわ……やっぱり公爵様の一目ぼれかしら？」

私が怒濤の質問に答えられたのは、偏にじっと私を冷ややかに見つめるカレンのおかげだろう。結局イルヴィスが去ってから、彼女は一言も発さなかった。ただ張り付けたような笑みを浮かべて、私たちの話にじっと耳を傾けている。

そんなカレンの様子には他の令嬢たちも気づいていたはずだが、手を出さなければ面倒は起こらないとばかりに遠巻きにされていた。そのスルー力の高さに、社交界の深さを感じる。


そうしているうちに、あっという間にお茶会は終わりの時間になった。

結局最後までカレンは置物のように会話に参加しなかったが、帰り際になるとある程度取り繕う余裕が出てきたようだ。

いよいよお茶会がお開きになり、招待客を見送ろうというタイミングでカレンは真っ先に席を立つと、引きつった笑顔で私に近づいた。

「今日はとっても楽しい時間をありがとう。忘れられないお茶会になったわ。こんな素敵なおもてなしをされたんだから、わたしも何かお返ししないといけないわね」

慌てて立ち上がって見送ろうとした私に、カレンは刺々しい声でそう言った。

「気を遣わなくても大丈夫ですよ」

私としてはこれ以上関わりたくなかったが、カレンは違うようだ。今日のことで失態が広まるから、挽回するためにも簡単に引き下がれないのかもしれない。

「遠慮しなくていいのよ！　アマリアともっと仲良くしたいし、今度はプリマヴェーラ家に招待するわ」

「……はい、楽しみにしていますね」

要約すると、『私にこんな恥をかかせたんだから痛い目を見せてやる』といったところだろう。そこに嫉妬心が重なってとんでもないことになっているはずだ。

「待っているから、絶対に来てね？」

カレンは最後にそれだけを言い残すと、来た時と同じように足早に取り巻きと一緒に出て行った。

その姿が見えなくなった瞬間、一気に緊張感が和らいだ。

残った令嬢たちは、興味と期待に満ちた眼差しを私に向けていた。

「お見事でしたわ、アマリア様」

「カレン様は以前からあのように公爵様に近づく方を牽制しておりましたが、言い負かされる姿は初めて見ました」

　まあ、カレンが持つ幼馴染みという手札が強いのは確かだ。イルヴィスと関わりがない限り、言い返すのは難しいだろう。

「いえ、私も少し大人げなかったですね……お茶会の空気を悪くしてしまって、本当にごめんなさい」

「そんな……！　失礼だったのはカレン様の方でしたわ！　それに、わたくしはとても楽しかったですわよ」

「その通りです！　改めて、今日はご招待ありがとうございます、アマリア様。おかげで興味深い時間を過ごせました」

　どこか含みを持たせた言葉に、素直に喜べない。

　結果的にこうなってしまったが、私は本当にカレンに攻撃する予定はなかったのだ。

「それにしても、カレン様があんな風に取り乱す姿は初めてですわね。……というより、あそこまで熾烈だとは思いませんでしたわ」

「そうねえ。前から公爵様のことに関しては人一倍熱心ではあったけど、まさか公爵様に婚約者ができても落ち着かないなんて……」

「きっと嫉妬しちゃったんじゃない？　以前から婚約者のように振る舞っていましたもの」

彼女たちは、私の反応を窺いながら言葉を続けていく。

スザンナに聞いた話だが、イルヴィスと親しいという噂も手伝って、カレンは社交界で何かと目を引く存在だったらしい。話題の中心とまで行かずとも、若い令嬢に動向を注目されていた。

でも、それは今までイルヴィスに女の影が全くなかったからできたことである。私という婚約者が現れたことで、瞬く間に立場が無くなったカレンは、今日この場で失態を犯してしまった。それも、イルヴィスの前で。

「カレンも昔のことだと言っていましたし、私は本当に気にしていませんよ」

帰り際まで探るように私の顔色を窺っている令嬢たちの視線をかわしながら、次々と馬車に向かう彼女たちを見送った。

……彼女たちも身の振り方を考える必要があるから仕方ないけれど、弱みを見つけた瞬間に笑い話にすることは私にはできない。

（それに、カレンの気持ちも少しは分かるもの。ずっと一途に思ってきたからこそ、簡単に諦められないだろうから）

もちろん、実際に行動に移すのはよくないことだけれども。

ついウィリアムのことを思い出して、顔を曇らせた私を心配したのだろう。近くにいたウィラが優しく声をかけてくれた。

「カレン様のことは、あまり気に病まないでください。彼女は特別親しいと言っていましたけど、高位貴族はみんな違うって分かっていると思うわ」

「え、そうなのですか？」

「公爵様は一貫してカレン様と距離を取っているので、注意深く観察していればすぐに気づきますわ」

ウィラの気遣いはとても嬉しいけど、問題はイルヴィスがあまり他者と親しくしていないことである。特に令嬢がイルヴィスと交流を持てる機会は少なく、真実に気づけるものは少ないだろう。

「教えていただき、ありがとうございます」

だけど、それは励ましてくれたウィラに言うべきではない。私は彼女を安心させるべく笑みを浮かべた。

「……実を言うと私、アマリア様を気難しい方だと思っていたのよ」

予想外の告白に、私は思わず目を丸くした。

「私が、ですか？」

「お恥ずかしながら。私の考えが甘かったですわ」

「もしよければ、理由をお伺いしてもいいですか？」

使用人たちも最初は似たようなことを言っていたし、もしかして私は顔が怖いのだろうか。

「その、アマリア様は今までこういった社交の場とは縁が遠かったでしょう？　婚約されてからもそうでしたし、てっきり興味がないと思っていましたの」

ウィラがかなり言葉を選んでくれたのは伝わった。どうやら私に、交流を嫌っているというイメージがついているようだ。

これから友人を作っていこうと意気込んでいたのに、その噂が根付くのはとても困る。全力で否定させてもらった。

「い、いえ！　むしろ興味津々と言いますか、友人を作ろうと模索している最中と申しますか」

「ふふっ、私の勘違いだったと反省しておりますわ。そういえば、アマリア様は私の家門にも興味を持ってくださっていたものね」

「はい！　……あの、もしよければなんですけど、これからもお茶会に呼んでもいいですか？　さっき気を遣っていただけてとても嬉しかったので、ウィラ様と仲良くしたいんです」

下心丸見えだが、私の本心でもある。

他の令嬢たちももちろんいい人ではあるのだが、こちらの顔色を窺いながら会話するのはどうも慣れない。だからそういった打算なしに、純粋に心配してくれたウィラと友達になりたかったのだ。

恐る恐るウィラの顔色を窺えば、彼女はふっと優しく微笑んだ。

「ふふ、私も恐れずカレン様と対峙したアマリア様に興味があったんです。こんな私ですが、仲良くしてくださいね。……あ、もちろん公爵様が気になさらない範囲で」

「もう、イルヴィスのことは忘れてください！」

ウィラは最後に悪戯っぽく笑うと、他の令嬢に倣って馬車に向かっていく。

そうして招待客が全員帰ったのを見届けてから、私はやっと一息つくことができた。

第七章 ― 未来をえがく方法

色んな意味で大変だったお茶会から一週間後。

なんとか後処理を終えて日常に戻った私は、イルヴィスの休憩時間を狙って執務室に訪れた。

「ルイ、そういえばあの時、どうして急にお茶会に顔を出したのですか？」

ソファーに促され、腰をかけるや否やそう言った私に、イルヴィスは驚くこともなくにこりと微笑んだ。

「たまたま近くを通りかかったものですから」

「誤魔化されませんよ」

「信じてくださらないのですか……？」

「騙されませんよ」

「酷い人だ。私がそんな事をする男に見えるのですか？」

「もしや自覚がおありではない……？」

私が何度その顔に騙されたと思っているんだ。

断固とした私の態度に、イルヴィスは観念したように表情を崩した。

「……そんなに嫌だったのですか？」

「えっ……あ、いえ！　私は怒っているわけではなくてですね」

確かに人目があるところで……あの日は本当に本当に恥ずかしかったけど、それだけでイルヴィスの執務室まで来たりはしない。

まさか本当に落ち込んでしまうとは思わず、私は慌てて執務室まで来た理由を説明した。

「ルイに何か目的があったように思えたんです。だって現れたタイミングも、カレンに言ったこともあまりにも丁度良すぎます」

それどころか、私にはイルヴィスがカレンに釘を刺したように見えた。前もってカレンの気持ちを知っていなければ、絶対にできないことだ。だが最初からカレンの心算を知っていたというなら、今度は私にお茶会を開くように勧めた理由が分からない。

いくら考えても答えは出なかったのでこうして直接聞いてみることにしたのだ。

「以前から、カレン嬢の気持ちは知っていました」

「……！」

わずかな沈黙のあと、イルヴィスは昔からカレンに想いを寄せられていたこと、そして気づいたころには噂になっていたことを、五公の事情に軽く触れながら話してくれた。

「あの頃はアメリーと婚約できるなんて思っていなかったので、カレン嬢が他の誰かと結婚したら消える程度の噂話だと思っていたんです。同じ五公である以上、彼女の気持ちが叶うことは絶対にありえなかったので」

「自分のことなのに、無頓着ですね？」

「それに、カレン嬢が他の令嬢を勝手に牽制してくれたのは私にとっても都合がよかったですしね」

「ぜんぜん無頓着じゃなかった……」

「今となっては後悔しかありません。結果的にアメリーを傷つけるような形となってしまいましたし……やはり悪いことはしてはいけませんね」

真剣に聞いていた私だが、思わず冷たい視線を送ってしまった。

「さて、少し話が逸れてしまいましたね。結論から言いますと、私はカレン嬢がアメリーに何かしないように警戒をしていました。彼女が牽制するのは分かり切っていましたからね……もっとも、アメリーは一人でも乗り越えられそうでしたが」

「いえ、イルヴィスのおかげで説得力が増したのは確かで……いや待ってください、そこまでわかっているのでしたら、どうしてお茶会にカレンを誘うように勧めたのですか？」

「アメリーが親しげに近づいてくるカレン嬢に騙されて傷つけられてしまう前に、向こうが自ら貴女から離れるように仕向けたかったんです」

そう言うイルヴィスの顔は、苦しげにゆがんでいた。後悔の念が悲しいほど伝わって来て、私は思わず息をのんだ。

「プリマヴェーラ家に招かれてしまえば私の目が届かない。だから先んじて、カレン嬢をこちらに招く必要があったのですが……申し訳ありません、嫌な思いをさせてしまいましたね」

「いいえ、素直に打ち明けなかった私のせいですから」

なるほど。つまりイルヴィスは、私がカレンを友人だと信じて仲良くなる前にこっそり遠ざけたかったらしい。

お茶会をランベルト公爵家で開いたのも介入しやすいからで、そこで二度と関わりたくないと思わせるつもりだったとのこと。物騒すぎる。

……イルヴィスは言わなかったが、内緒にしていたのはきっとオリビアのことを思い出させないようにするためだ。浮気を一度経験した私が再び傷つかないよう、裏で解決しようとしてくれたのだろう。

「ところで、アメリーはいつカレン嬢の本心を見抜いていたのですか。最初に出会った日、彼女を友人だと言っていたではありませんか」

「あ……それは」

いきなり矛先を向けられて、思わず言い淀んでしまう。

「そう言葉を選ばずとも結構です。私は貴女の気持ちを知りたい」

「……うーん、どう説明すればいいのでしょう」

「……やはり、私は頼りないのですか？」

その声は、イルヴィスから発せられるにしては弱々しいものだった。らしくない声に、気まずさゆえに逸らしていた視線を戻して驚く。

イルヴィスは、どこか痛みに耐えるかのように眉を歪めていた。

「る、ルイ？」

「アメリーはいつも一人で無茶をします。出会ったばかりの頃は仕方ないと耐えましたが……貴女の相談に乗るだけの信頼は、まだ私にないのですか？」

「そんなことはありません！　ルイにはいつも助けられています」

「貴女が私に話すのは決断だけです。アメリーの悩みは一度も聞いたことがありません」

「そんなことはありません。料理長の時だって……」

「それは横領に発展したからでしょう？　それに至るまで……それこそ女主人としての権利を求めた理由だって、私は聞いていません」

「そ、そうでしたっけ」

鋭い一言に、思わずたじろいでしまった。

確かに言われてみれば、横領の時もカレンの話も……それこそ、ウィリアムと決着をつけるときも、悩んでいた時のことはイルヴィスには言わなかったような気がする。

そこまで考えて、ハッとする。

（もしかして、ルイは私が管理権を貰う時に誤魔化したことに気づいている？）

驚く私の表情を見て、イルヴィスはため息をついてソファーから立ち上がった。

そして私の隣に腰をかけたかと思えば、なぜかイルヴィスは私に覆いかぶさるかのように近づいてくる。

「ちょっ、る、ルイ!?」

迫ってくる彼の顔から逃げるかのように押し戻そうとしたけど、気づけば私の背中はソファーにくっついていて、イルヴィスの顔が目の前にあった。

押し倒されたような体勢に起き上がろうとするが、少しでも動けばイルヴィスとの距離がより縮まってしまう。なす術もなく固まっていると、イルヴィスは行動と似つかわしくない爽やかな笑みを浮かべた。

「先に言っておきますが、アメリーが私に不釣り合いだなんて、そんな馬鹿馬鹿しいことは一度も思ったことがありません」

「……っ」

「むしろクラーク夫人を尋問するまで、貴女のことをとやかく言う奴らの存在に気づけなかったことに悔やんでいます」

自分の情けなさがイルヴィスに知られたことに、そしてイルヴィスにこんなことを言わせてしまったことに羞恥心と合わさってどうにかなりそうだ。

「そんなの、ルイが気に病むことではありませんよ」

「いいえ、この屋敷で貴女を傷つける存在を見落とした私の責任もあります」

「過保護すぎます！　それくらい、自分で何とかできますよ」

「ええ、そうですね。横領も、カレン嬢のこともアメリーは立派に立ち向かっていました。ですが、一つだけ覚えておいてほしいことがあります」

　イルヴィスは私に覆いかぶさっていた身を起こすと、隣に腰をかけて優しく微笑んだ。

「私の隣にいてほしい人を決めるのは、他の誰でもありません。私です」

「ルイ……」

「だから変に気負わないでください。嫌なことがあったら、その時は一人で抱え込まないで二人で考えましょう」

　私の心情を手に取るように分かってくれるイルヴィスに、嬉しいような情けないような気持ちになる。でもそれは嫌な気持ちではなくて、私はほっと息をついた。

……素直に言えなかったのは、私が弱かったからだ。情けない自分を、イルヴィスに見せられなかっただけ。

「教えてください、アメリー。どんなことでも、必ず力になりますから」

　そこまで言われてしまえば、もう何も言えない。私は肩を落として、宝石店でのことからイルヴィスに話した。

「……すみません、私のせいで嫌な思いをさせてしまいましたね。お茶会なんて言い出してしまって、本当に何と言ったらいいのか」

隣に座りなおしたイルヴィスは、私の話を聞くや否や肩を落とした。

カレンが女性に牽制をしていたことを知っていても、どうやって牽制していたかまでは知らなかったのだろう。泥棒猫だなんて言葉を耳に入れてほしくなくて、私は言葉を濁した。イルヴィスには気に病まないでほしいのだけど、難しそうだ。

（ルイは私を守ろうとしていたのに、私は困らせてばかりだわ……）

こうなってしまえば、あの時意地を張らないで素直に言えばよかったと後悔する。

申し訳なさを胸に抱えながら、私は今度こそ全部打ち明けようと手に持っていた封筒をイルヴィスの前に置いた。

「実は、カレンはまだ諦めていないようでして……」

「招待状……？　っ、これはプリマヴェーラ公爵家の」

封蠟を確認したイルヴィスの眉間に、深々としわが刻まれた。

カレンは宣言通り、私に招待状を送ってきた。それもお茶会のような小さな催しではなく、プリマヴェーラ公爵家主催の舞踏会への招待である。

実はどう切り出すべきか悩んでいたが、今の状況では素直に話すのが一番いいだろう。私は添付されていた手紙を要約してイルヴィスに伝えた。

ちなみに、その手紙を持ってこなかったのはあまりにも皮肉が輝いていたからだ。あのお茶会でのことが相当気にくわなかったらしく、本来なら定型文で良いところをわざわざ個別に書いたのだろう。

「見るからに『何か起こりそうな舞踏会』ですが、アメリーはどうするつもりですか？」

イルヴィスの言葉に苦笑いを返しつつ、私はそっと考えをめぐらす。

……正直、舞踏会にはいい思い出がない。しかも、昔のように存在感を消して壁の花に徹することもできないだろう。

そもそもダンスは私の苦手とするところであり、ファーストダンス以外はまだ自信を持って踊れるとはいい難い。最初の頃よりはずっとマシになったと信じたいが、いまだに先生の足を踏むことがある。

そんな私の不安が顔に出ていたのか、イルヴィスが優しい声で笑いかけてくれた。

「必ずしも相手をしてあげる必要はないんですよ。この招待状には何の拘束力もないので」

ぱち、と思わず瞬いた。

ずっと一人で戦ってきたせいか、イルヴィスは時々他者を気にしなさすぎることがある。

貴族なんて面子を重んじる者がほとんどなのに、イルヴィスは嫌なら断っていいという。実際そんな行動をしても許される程度の力があるから困ったものだが、それが私を勇気づけているのも確かだ。

「いえ、行きます。むしろこの舞踏会を利用して、私自身の居場所を社交界に作ります」

ここで逃げても仕方ない。今回断ったところでカレンが諦めるとは思えないし、私が逃げたと思われるだけだろう。イルヴィスに相応しい人に近づくためにも、頑張って乗り越えなければ。

まっすぐイルヴィスを見つめ返せば、大変素敵な笑顔が返ってきた。さっきまでの殊勝な態度はすっかり消えている。

……嫌な予感がする。

「――であれば、それ相応の準備をしなければなりませんね。私の大切なアメリーを傷つけたのですから」

ここ数日で一番の笑顔である。

そしてその笑顔を保ったまま、イルヴィスは立ち上がって机の方に向かった。そしてサイドテーブルに置いてある、手紙が積まれたトレーを漁り始める。

「ルイ、突然何を……？」

「その招待状はアメリーだけが対象ですので、私の分を探しています。ここ数日手紙を溜めてしまいまして……」

あんなことを言っていたのに、とんだ肩透(かたす)かしである。

時間を持て余して一枚ずつ手紙を確認しているイルヴィスを見守っていると、やがて一枚の封筒を見つけて再び私の向かい側に座った。

「おや……私の方に届いた招待状はジルが出したものみたいですね」

「カレンではないのですね」

一度しか会っていない、カレンとよく似た美青年の姿を脳裏(のうり)に浮かべる。なんとなくイルヴィスと距離を取っていたような気がするが、どうしてカレンではなく彼が招待状を出したのだろうか。

「どちらにせよ、プリマヴェーラ当主の名義ではないのなら、この舞踏会はカレンたちが主催なのでしょう。であれば、多少の不手際(ふてぎわ)があっても問題なさそうですね」

とても舞踏会の招待状を見た人のセリフとは思えない。私はそっとその言葉を聞かなかったことにした。

「では、ジルはカレンに協力しているということでしょうか?」

宝石店で会ったジルは、言葉数少ないなりにカレンを咎(とが)めていた。良識はあるように思えたが、お茶会での出来事を聞いて怒(おこ)ってしまったのだろうか。

「ええ、おそらく。それに、ジルの目的には心当たりがあります」

「目的、ですか？」

その言い方から考えるに、妹を助けたいというありふれたものではなさそうだ。

「……ジルは、私をライバル視している節がありまして。私たちは年が近く、立場も似ていましたので、昔からよく比較されてきたのです」

よくある話だが、その葛藤は当事者にしかわからないだろう。私も身に覚えがある話だ。

「かつては友人と言える関係でしたが、年を重ねる毎に距離を取られてしまって……私が公爵位を継いでから、ジルとは表面上の付き合いしかありません。今でこそあんな無口ですが、昔は熱い男だったんですよ」

「そう、だったのですね……」

自嘲気味に笑ったイルヴィスに、私はそれしか言えなかった。

イルヴィスとジル、二人の関係性は思っていたよりも複雑そうだ。

「カレン嬢に手を貸したのは、私に恥をかかせるつもりかと。パーティーでもジルとはよく話していたので、カレン嬢よりも自分が招待した方が私が応える可能性が高いと分かっているのでしょう」

良くも悪くも現実が見えている方でしたので、と付け加えたイルヴィスは、どこか寂しげな表情をしていた。

「舞踏会ではカレンに加え、ジルも警戒しなければならないと……」

「まあ、向こうも由緒正しき公爵家のご子息です。振る舞いや言葉に気を付ければ大きな問題には発展しないでしょう」

　イルヴィスの言葉に小さく頷き返した。

　私は売られた喧嘩を買いに行くのではなく、あくまでも穏便に済ませたいのだ。カレンが諦めてくれれば済む話である。

（まあ、簡単に諦めてくれなそうなのが問題だけど……）

　カレンにイルヴィスを諦めさせて、社交界に居場所を作る。それが私の目標だ。

「やっぱりお嬢様には濃色が良く似合いますね。でも、こちらの淡い色も捨てがたい……」

　うんうんと頷きながら、ブティックのマダムが部屋の中心に立つ私に声をかけた。

「いえ、あの、それはそうとして、なぜ布地を当てているのですか……？」

　隠し切れない困惑を声に滲ませながら、私は硬直したまま言葉を返す。動くと怒られるからだ。

「時間があまりないので、既製品でお願いしたいのですが……」

　こちらに準備の時間を与えないつもりか、舞踏会までそんなに余裕がない。

　舞踏会用に新しい衣装を下ろす、というイルヴィスの意見に従って、いつかのブティックのマダムが公爵邸に呼ばれた。それまではよかったのだ。てっきり既製品に手を加える程度だと思っていた私は、大変素晴らしい笑みを浮かべたマダムに衣装部屋に連行された。

あれよあれよという間にメイドに囲まれた私は、次から次へと採寸やら布を巻きつけられた。それもただの布ではない。様々な刺繡が施されたレースや金箔がこれでもかとちりばめられた絹。数刻もしないうちに、色とりどりの布が部屋に溢れていた。

「うーん、やっぱりフリルはふんだんにあった方が華やかよねえ」

「イエ、アノ」

「まあ、こちらのワインレッドもよくお似合いですね。悩ましいわ」

「アリガトウゴザイマス……」

有無を言わせないマダムの圧に押され、私は疑問をそっと吞み込んだ。きっと私にはわからない何かを決めているのだろう。

「宝飾品をお持ちいたしました」

席を外していたミラが、ネックレスが入っているケースを大事そうに抱えて入ってきた。それはこの間イルヴィスと見た店の物だが、マダムが目の色を変えて驚く。やはり、かなり有名らしい。

「これは一層腕によりをかけて完成させなければなりませんね！　ささ、お嬢様はどちらのデザインが好みですか？」

「マダム、お待ちください。舞踏会まで本当に時間がないのです。オーダーメイドでは間に合わないかもしれません」

「んま！　それを何とかするのが私たちのお仕事ですわ。公爵様も金額に糸目をつけなくてよいとおっしゃっていますので、ご心配なく」

「心配しないわけがありませんが⁉」

しかし、私の心の叫びが聞き入れられることはなかった。

マダムは私に布地やら型を当てては、すごい勢いで何かをメモしていく。それを何十回と繰り返したころには、私も疲れ果ててなすがままになっていた。

やがてテーブルが布で埋め尽くされかけた頃、無限に思えた着替えはやっと終わりを迎えた。マダムは何やらやり遂げた顔で一息つくと、片づけをメイドたちに任せて部屋から出て行く。

「先に公爵様にデザインを相談させていただきますね。お嬢様も身支度を終えたらいらしてください」

最後にそれだけ言い残して。

不安を覚えた私は、疲れを無視して急いで着替えてその後を追った。

しかし私が二人のもとに着いた時には、すでに話は白熱していた。議題はドレスの色だ。やはりイルヴィスはオーダーメイドする気満々である。

胃が痛むのを感じつつ、私は話に割って入った。

「あの、一体どうしてドレスを作ることに……？」

机の上に広げられた図案やメモに視線を向けると、イルヴィスが自信ありげな笑みを浮かべた。

「社交界で居場所を作りたいアメリーの背中を押したくて」

マダムがいる手前、声量こそ控えめだったもののしっかり私の耳に届いた。思わず納得しかけて、慌てて首をふった。

「気持ちは嬉しいですが、ここまでしていただかなくても……」

「生半可な装いでは威嚇にもなりませんよ？」

「う……」

幼いころから高価な物に囲まれているカレンの目は、確かに肥えている。下手に妥協してはかえって目立ってしまう。しかし割り増し値段は高い……。

天秤がぐらぐらしている私に、イルヴィスが笑みを深めた。

「以前は『そこまでしていただく理由がない』と遠慮されましたが、今のアメリーは私の婚約者です。もう貴女に断る理由はないはずです」

「待ってください？？」

直前まで考えていたことが全部吹き飛んでしまった。いつの話を引っ張り出してきたんだ。というかよくそんな短いやり取りを覚えていたな。

（思い返せば前に断ったとき、少し挙動がおかしかった気がするけど……どれだけ根に持っているのよ）

公爵家の財政はもちろん承知の上だ。だが、ただでさえ高いオーダーメイドドレス。しかもイルヴィスの分もある。素材は当然のように一級品で、人気の店で急ぎの仕立てだ。

「このままでは私、公爵家で散財している悪女として名を馳せてしまいます！」

ただでさえみんな私たちに注目しているというのに、さらなる話題性を提供したらどうなるか。しかも私はそこまで華やかな顔立ちじゃない。絶対に服に着られてしまう。

貴族たちは私を見て『え、誰にも靡かなかった公爵様がこんな小娘に陥落したの？』と揶揄うだろう。私だけじゃなくてイルヴィスの評価まで落とすなんて、とても耐えられない。

だが、イルヴィスはそんな事かとでも言いたげに、柔らかく目を細めた。

「安心してください。このようなことは珍しくないんです。直前になって作りなおす、なんてこともありますよ」

「え、そうなんですか……って、そういうことではなくてですね」

「それに、初めて貴女を婚約者として紹介できる場なんです。世界で一番美しいレディをエスコートする権利を与えてくれませんか？」

「そ、それはずるいです……！」

私を見つめる瞳は人畜無害な兎そのものなのに、イルヴィスに譲るという選択肢は端から存在しない。黙ってしまった瞬間、ここぞとばかりにマダムと話を進めた。

どこかデジャブを感じる光景である。

結局私が止めるのも虚しく、衣装論争は数時間続くこととなった。ほくほく顔のマダムは三日以内に届けると言い残すと、軽い足取りで帰っていったのだ。

もちろんドレスが届くまでの間、私もぼんやり待っていたわけではない。改めてスザンナに頼んで礼儀作法を叩き込み、カレンを迎え撃つための話術を習った。ダンスの授業にも一層力を入れ、時間を見つけてはイルヴィスに練習をお願いした。

こうして考えられる限りの準備を整えつつ、いよいよ舞踏会当日を迎えた。

舞踏会が開かれるのは、日が沈んでからだ。

イルヴィスにエスコートされて馬車から降りれば、ランベルト公爵家にも負けないほど荘厳な屋敷が私の目に入った。物珍しさを顔に出さないようにしつつ、使用人に案内されるままホールに向かう。

(やっぱり、こういう場は凄く緊張する……!)

華やかな照明と美しいオーケストラの音楽に、思わずため息が出る。

多くの人の前で私に恥をかかせようとしたのか、会場はなかなかの賑わいを見せていた。

(すごく、見られているわ……)

カレンの片思いが有名だということもあって、招待客の間にはどこか浮き足立った空気が漂っていた。みな遠巻きにしつつも、露骨にこちらに視線が向けられているのが分かる。

「まさかあのプリマヴェーラ嬢が、ランベルト公爵様方を招待するとは思いませんでしたわ」

「心配ですわね。令嬢は現実を受け入れたのかしら」

「あら、意外なことが起きるのかもしれませんよ？　聞けば公爵様の婚約者は華やかな場が苦手のご様子。百年の恋も冷めるような出来事が起きるかもしれないわ」

時折聞こえるやり取りの中、私は久しぶりに見たイルヴィスの正装に緊張していた。

藤色のベルベットコートを纏い、金糸で縁取られた白いシャツと相まって星明かりに照らされた夜空のように輝いていた。コートの裾と袖口は紫と金の織りなす装飾で飾られ、その端正なラインが彼の流れるような動作を一層際立たせている。

私とおそろいのデザインなのに、纏う雰囲気のせいか何倍も高級なものに見えてしまう。しかも珍しく前髪を上げているおかげで、彫刻よりも美しい顔が惜しげもなくさらされているのだ。男女問わず視線を独り占めにしているイルヴィスだが、当の本人は少しも気にしていない。

「今日はやけに目が合いますね？」

「き、きのせいでは」

「なら、どうして顔を逸らすのですか？」

目を三日月にするイルヴィスは、間違いなく私が見惚れていたことに気づいている。なんだか悔しくて、見惚れてなんかいないという意思表明として顔を逸らす。

「もしや、この格好は気に入りませんでした？」

「いえ、好きですよ？」

嫌いになるなんてとんでもない。即答したら、イルヴィスが少しだけ顔を赤くする。

可愛い、と思ったのは一瞬で、イルヴィスはすぐに物足りなそうな顔をした。

「距離を感じますね」

「こんなに近いのに距離を感じるんですか？」

ムッとしたような声が聞こえたかと思えば、エスコートとして繋いでいる腕を引かれて抱きしめられた。すぐ耳元にイルヴィスの気配を感じて、心音が速くなる。

「ふふ、鼓動が速いですね。どうやら私の誤解だったようです」

「これは緊張しているだけです」

「視線が気になるのでしたら、私のことだけを考えていてください」

大した自信である。顔をイルヴィスの方に戻して冷たい視線を向ければ、なぜか嬉しそうにされてしまった。

「やっとこっちを向いてくれましたね。可愛いお顔を他の人にばかり見せないでください」

「見せていません！　そもそもルイが変なことを言わなきゃ私だって普通にしています！」

「変なことって？」

「そ、それはっ」

怪しい笑みを浮かべたイルヴィスがとても楽しそうに質問を投げてきた。

「それは？」

「わ、分かりません！」

これ以上赤くなった顔を至近距離で見られたくない。

ぷいっと再度顔を逸らせば、つむじ辺りにキスされた。死角からの攻撃に、私は小さく悲鳴を上げてしまった。

「な、何をするんですか！」

「緊張しないおまじないですよ」

絶対に嘘だ。

「ここ、ダンスホールですよ⁉　しかもカレンのお屋敷です！　見られたらどうするんですか？」

「はは。だからこそ見せつけているんじゃないですか」

「限度があります！」

「ただのおまじないですよ」

あくまでその手で通すつもりらしい。それなら私にも考えがある。

「必要のない過剰なお触りは禁止です」

「そんな、私が死んでしまいますよ？」

「死にませんが？？」

真面目な顔でとんでもないことを言い出すイルヴィスのおかげで、緊張とは別のドキドキが私を襲う。

こんな浮かれた状態じゃ言いたいことも言えなくなる。カレンと会う前に頭を冷やそうとイルヴィスから距離を取ろうとすれば、急にエスコートの腕をほどかれてしまった。かわりに、腰に腕を回されて再び距離が近くなる。

どういうつもりだとイルヴィスを見上げれば、彼の視線はまっすぐ前に向けられていることに気づく。その横顔は酷く真剣で、先ほど私をからかっていた人とは別人とすら思えた。訝しみつつもイルヴィスの視線をたどっていくと、そこには驚くほど華やかな装いをしているカレンの姿があった。

　金色の夕日がそのまま形を変えたかのようなドレスには輝くシルバーの刺繍が施され、豪華なビーズとクリスタルが縫い込まれている。宝石がシャンデリアの光を反射して、カレンの周りにはまるで光のオーラが形成されているようだった。

　彼女はずっと私を見ていたようで、すぐに視線がぶつかった。……いや。正確には、私の首もとにあるネックレスを見ていたようだ。

　これはあの日、宝石店で購入したものである。この距離で気づくとは、恐ろしい観察眼だ。

「……カレン」

　思わずこぼれた私の声が聞こえたわけではないだろうが、ちょうど同じタイミングで微笑まれてしまった。

　カレンは人好きのする笑顔で、つかつかとこちらに近づいてくる。その隣では今日のパートナーであろう、ジルが読めない笑みを浮かべていた。カレンとはお揃いにしなかったようで、彼は白をベースとした衣装を纏っていた。金色の装飾が施されたジャケットにはカレンのドレスのような華やかさはないが、洗練された美が際立っていた。

「ふふ、今日は来てくれて嬉しいわ。貴女ってなかなかこういった催しに顔を出さないから、少し不安だったのよ」

「久しぶりだね、アマリア嬢……閣下も。今日はゆっくりしていってくれ」

教科書通りの挨拶を述べるジルとは逆に、カレンは不敵に微笑んだ。

周りが聞き耳を立てているのも分かっていたので、私は落ち着いて答えた。

「ご心配ありがとうございます。お言葉通りこういった場には不慣れですが、本日をとても楽しみにしていました」

「まあ、それは光栄ね。でも気を付けて、そういう時ほど間違いを犯してしまうもの」

「そうですね。ご助言に感謝します」

お茶会で本性を見られてしまったからか、取り繕うことを止めたカレンはイルヴィスの前でも敵意を隠さなかった。てっきりまた親しげに近づいてくるのかとばかり思っていたので、少し拍子抜けする。

(どういうつもりなのかしら)

ちらりとジルの方を窺えば、彼も宝石店の時と違ってカレンを咎める様子はない。ただじっと、まるで他人事のように私たちを観察していた。

そんな二人の様子にイルヴィスが分かりやすく眉をひそめたが、そっと腕を引いて止める。これくらいで挑発されてはいけないのだ。

「それにしても、今日のアマリアのドレスはとっても素敵ですね。以前パーティーでアマリアを見たことがあるのですが、あの時とはずいぶんと印象が違うわ」

「……以前？」

その言葉を待っていたかのように、カレンはうっそりと微笑んだ。

「あれは何年前だったかしら。何かのパーティーでアマリアを遠くから見かけたことがあるの。ダンスホールの隅に一人で佇んでいたでしょう？」

思い出すような素振りをしているが、その視線はなぜかイルヴィスに向けられていた。

「それがとっても印象的だったから、ずっと忘れられなかったのよ」

ということは、私がウィリアムと婚約している時の話だ。パーティーへ行っても、目立たないように息を殺していた時期でもある。

服装もそうだが、あれから心が解放されたおかげで私の見た目はかなり変わったはずだ。カレンに話しかけられた記憶もないし、おそらく言葉通り見かけただけであろう。なかなかの記憶力だ。

「だから無理させてないかって、心配だったの。わたしにとっては当たり前だけれど、アマリアには気苦労を強いてしまうんじゃないかって」

「カレンがこんなに気を遣ってくれているんです。心強くて、疲れている暇なんてありませんよ」

た。

「……それならよかったわ」

嫌味が通じない私に、カレンの顔から一瞬表情が消え去る。

それからすぐに笑顔に戻ったカレンは、声のトーンを抑えて馬鹿にしたように言い捨てた。

「だって、こういうのは適応できない者から淘汰されていくもの。無理して見栄を張っても、いつか愛想をつかされておしまいよ」

「ご忠告ありがとうございます、でも――」

「そのようなことは起こり得ませんので、余計な気遣いは結構です」

私の言葉を遮るように、イルヴィスが口を開いた。

その顔は不快そうに歪められていて、声色もイルヴィスにしてはいら立たしさが露骨に出ている。

「そもそも、私はアメリーの心を手に入れるのに躍起になっているんです。むしろ愛想をつかされないか、心配するのは私の方ですよ」

「ちょっと、ルイ……？」

向こうの出方を見切るまで変に刺激しないとイルヴィスと決めていたのに、前に出るイルヴィスに戸惑うばかりだ。

現にカレンとジルは驚愕したようにイルヴィスを見ており、カレンに限れば今にも倒れそうな顔色だ。今まで突き放されたことがなかったみたいだから、かなりショックを受けたのだろう。

沈黙が場を満たし、それはカレンが我に返るまで続いた。

「ごめんなさい、いらない心配だったみたいね。イルヴィス様はいつもわた……いえ、他人にそっけないので」

わたしと言いかけて、プライドが許さなかったのだろう。もしくは私にだけ態度が違うことを認められなかったのか。

恨めしげにそう言ったカレンは、きつく私をにらんでいた。

「カレン、そろそろ止めないか。アマリア嬢に失礼だろ」

イルヴィスが動いたからか、ずっと静観していたジルがカレンを咎めた。

「やだ、わたしはアマリアのために言っているのよ？　ランベルト公爵家の奥方ともなれば、周りの貴族たちは今までのようにはいかないもの」

カレンは自分の正当性を主張するように、顔つきを険しくした。

「いい、お兄様？　わたしたち五公は王族に一番近い立場なのよ。その夫人ともなれば、王妃様と同じく国中の女性のお手本であり、憧れと尊敬を集める存在でなくてはならないわ。パーティーで一言も発さない壁の花なら、最初から咲くべきではないのよ」

「それはお前が決めることじゃないだろ。いくら何でも口が過ぎるぞ。それに何かあったとしても、きっと閣下がフォローするはずさ」

頭に血が上っているのだろう。思ったことをそのまま言っているような状態のカレンに、いよいよジルが本格的に止め始めた。

「あら、女性にしか分かり合えない悩みもありましてよ？　拙い腕だけど、わたしならいい相談相手になれるわ。そもそも足りないところがあるのなら、イルヴィス様にご迷惑をおかけしないように己の立場に見合った結婚相手を見つけるべきなのよ」

「恐れ入ります。とても嬉しい提案だけれど、ルイが素敵な先生をつけてくださったので」

カレンを相談相手にしてしまったら、相談の度に嫌味を言われてしまいそうだ。苦笑いを零しつつ丁寧に断ろうとして——私は少しだけ意趣返しをすることにした。

聞き流すようにしているとはいえ、さすがに腹が立ったからだ。

「……正直、カレンがこんなにも気にかけてくださるとは思いませんでした。今度、恋愛相談に乗ってくださいね」

惚気を聞かせるわよ、というつもりで言ったのだが、無事意味は伝わったようでカレンはわずかに顔をひきつらせた。その隣でジルが空気を変えようと何度も口を挟もうとしているが、女性の会話特有のすぐに移り変わるテンポに戸惑っているようだ。

なお、隣のイルヴィスはすでに氷点下の空気を纏っている。安心させるために微笑んで見せると、わずかに目を瞠ってからそっと目元をやわらげた。

(私たちは喧嘩をしに来たんじゃなくて、カレンに諦めさせるために来たんだもの)

とはいえ、ここまでくれば私にもカレンの目的が見えてくる。

どうやら自分に希望がないと悟った彼女は、私の評価を下げる方針にしたらしい。つまり、私を不幸の道連れにしたいのだろう。

(ルイが本気で私を好いていると信じていないから、利益で繋がっていると考えているのね)

イルヴィスは合理的な人だから、デメリットが大きければ婚約破棄をする……と思ったのだろう。このやり方だとカレンの好感度は下がってしまうが、捨て身でもこの婚約が破談になることを優先したようだ。

でも、だからこそ私はカレンの挑発に乗ってはいけない。攻撃をかわすだけで、よりカレンを追い込めるのだから。

「どうやら誤解を与えてしまったようですね」

そんな私の代わりというように、イルヴィスは口を開いた。

「カレン嬢の考えは理解しました。しかし、アメリーが社交界に顔を出さなかったのは私のせいでもあるんです」

「……え?」

危うく私もカレンと同じように声をあげるところだった。

「ほら、アメリーはこんなにも愛らしいでしょう？　彼女を独り占めしたくなって、もう少しだけを繰り返していたらこんなことになってしまったんです」

申し訳なさそうな顔をしているが、イルヴィスにそんな気持ちはたぶん少しもない。私を引き寄せる腕に、カレンの険のこもった眼差しが突き刺さる。彼女は何か言おうとして、結局何も出てこなくてそのまま現実から目をそらすように俯いてしまった。

こうしてイルヴィスの私への心証を下げるという作戦は、さっそく出鼻をくじかれた形となったのである。

「貴方の意外な一面を見られてよかった。いつも動じない閣下と同じ人とは思えませんね。……それでは、他の招待客への挨拶も残っていますので、このあたりで失礼いたします」

これ以上は分が悪くなるだけだと察したジルは、早口でそう言うとカレンの腕を引いて移動した。二人の姿が遠くなるのを確認して、イルヴィスは大きなため息をついた。

「そろそろ四公制度にすべきか……」

「プリマヴェーラ公爵家を消さないでください」

私よりもイルヴィスの方が、嫌味を言われた当事者の顔をしていた。その物騒な優しさに、沈んでいた心が少し軽くなる。

「あら、アマリア様？」

聞き覚えのある声に振り向けば、そこにはお茶会ぶりのウィラがいた。その周りの令嬢にも見覚えのある顔がいくつかある。

わざわざ声をかけてくれたことに驚きつつも、友好そうな声色がとても嬉しかった。私は彼女たちの輪に近づこうとして、その前にイルヴィスに声をかけた。

「ルイ、彼女たちはお茶会で親しくしてくださった方です。その、居心地が悪かったら……」

若い令嬢の輪にイルヴィスを入れるのは酷というものだろう。放さないとばかりにずっと私のどこかしらに触れていたイルヴィスも、私が嫌がっていないことを確認してから素直に頷いて離れた。

「……ええ、助かります。悪い方ではないと思いますが、やはり少々苦手でして」

「すぐに戻りますので」

「私のことはお気になさらず。少し離れたところで目を光らせておきますので、安心して楽しんできてください」

なんだかんだ言いつつも、イルヴィスは私が友人を作ることに前向きだった。

簡単に送り出されたことに驚きつつも、それはそうとしてわくわくの方が勝つ。もう一度イルヴィスに謝って、私は軽い足取りでウィラたちのもとに向かった。

「やっぱり、アマリア様でしたのね。後ろ姿があまりにも美しすぎて、公爵様がいらっしゃらなかったら気づきませんでしたわ」

「ええ、その高貴な紫、アマリア様にとても似合っていますわ！　公爵様と並ぶそのお姿は本当にお似合いです」

「い……いえ、ありがとうございます」

思わず否定したくなるところを、何とかこらえてスザンナに教わった通りの返答をする。こういう時は謙遜すべきではないと何度も言われたのだ。

慣れない私の反応にウィラは微笑ましい物を見るように笑うと、ふと真剣な顔をした。

「実は今日、アマリア様がいらっしゃるとは思わなかったんです」

「それは、以前おっしゃっていた私が気難しいことと関係が……？」

「ふふっ、もちろん違いますわ」

首をひねる私に、ウィラは声をワントーン下げた。つられるように、他の令嬢も真面目な顔をしている。

「ほら、前回カレン様はあんなことを言い残していたでしょう？　どう見ても穏やかじゃなかったので、本日はいらっしゃらないかと」

「あ……」

確かに、ウィラからすれば私は自分からトラブルに飛び込んだように見えるはずだ。あんな事前予告をされたのだから、何かされると思うのは当然である。

カレンとの衝突は避けられないにしても、今日は欠席すべきだと考えたのだろう。

「ご心配ありがとうございます。何かされると分かっている方が身構えられるので、ちゃんと警戒しておりますよ」

「ですが……」

安心させるように笑って見せたが、ウィラの顔は晴れなかった。そんな彼女を励ますように、近くにいた令嬢が朗らかに笑って見せる。

「ウィラ様は相変わらず心配性ですね！　カレン様といえど、婚約者のいる方を相手にできることはないでしょう。むしろ悔しがっている姿を見られるかもしれませんね」

「そういえば、先ほどもプリマヴェーラ家のお二人とお話しされていましたね。何事もなくてよかったです」

「ええ！　わたくし、とてもはらはらしましてよ」

実際にはいろんなことがあったのだが、離れていた彼女たちは気づいていないようであった。私もそれ以上カレンのことに触れることなく、にこりと笑ってその話を流した。

そうこうしていると、一人の令嬢が目を輝かせて声をかけてきた。

「それにしてもアマリア様、とっても素敵ですね。その藤色のドレスはまるで一輪の花のようで、ネックレスともよくお似合いですわ！」

そう言う彼女の瞳は私のドレスに釘付けで、隠せない感嘆の色を浮かべている。その声につられるように、他の令嬢も私の方に集まってきた。

「ええ、わたくしもそう思っていましたの！」

「本当に素晴らしいわ、アマリア様の優しい雰囲気と見事に調和しています」

「えへへ、ありがとうございます」

そんな風にウィラたちとたわいない話をしていると、ホールに流れていた音楽の曲調が変わった。

ファーストダンスの合図――そして、舞踏会が本格的に始まる合図だ。

「あら、もうこんな時間なのね」

ウィラの言葉を皮切りに、他の令嬢たちも話をやめてそれぞれのパートナーのところに向かっていく。私もイルヴィスを捜そうとして周りを見回していると、突然腕を掴まれた。

「へっ⁉」

誰かパートナーを間違えたのだろうか。驚きながらも振り返って腕の主を見やれば、そこに居たのはカレンだった。

逃がさないと強く私の腕を掴んでいる彼女の手は恐ろしいほどに冷たい。

「か、カレン」

近くにジルの姿はない。カレン一人で来たのだろうか。

突然のことに戸惑っていると、彼女はにこりと微笑んだ。

「ファーストダンスが始まるまで少しだけ時間があるわ。こんな機会はめったにないから、少しおしゃべりに付き合って」

変わらず明るい口調とは裏腹に、その視線には逃がさないという圧があった。こんな人目が多いところで腕を乱暴に振りほどくこともできず、私は渋々と頷いた。

幸いにも周りはパートナー探しに夢中で、こちらに注意している人はいない。

「どうしてイルヴィス様なの」

カレンの問いかけは端的だった。

「ええと……？」

「どうしてイルヴィス様をわたしから奪ったのかって聞いてるのよ……！」

その言葉を聞いて、カレンは私が一人になるタイミングを狙ったのだと気づいた。こんな自分の失恋を認めるような言葉、きっと誰にも聞かせたくないはずだ。

「優しくされて自分は特別だと思っちゃった？　ちょっと前までずいぶんみすぼらしかったものね。同情をひいて婚約者になったのかしら」

「同情って……イルヴィスはそんなことで自分を犠牲にするような人じゃ」

「うるさい！　分かったような口を利かないで」

私の腕を摑む力が強くなった。おしゃべりしようと言ったのはカレンだが、あまり会話をしようという気持ちはなさそうだ。

「イルヴィス様は女の子と話さないの。だからあんな素敵な人が自分だけに声をかけてくれたら、その気になっちゃうわよね。勘違いしても仕方がないわ」

私を責めているというより、カレンの話を聞かされている気分だった。まるで、彼女がそうやってイルヴィスを好きになったとでも言うような……。

「どうせ可哀そうな子ぶってイルヴィス様を騙したんでしょう？　勘違いして好きになるのは勝手だけど、身の程を弁えなさい」

「違います。私はイルヴィスを騙してなんかいません」

「そんなの口じゃ何とでも言えるわ。それに貴女、見るからに恋愛経験がなさそうじゃない。特別容姿に恵まれているわけでもないし、何かに秀でている話も聞かない。色仕掛けでイルヴィス様を手に入れたとは思えないわ」

「っ」

誰が見ても美しいと答えるカレンの言葉に、思わず言葉に詰まる。そんな私に、カレンは勝ち誇ったような笑みを浮かべた。

「ふっ……少しは自覚あるみたいで良かったわ。そう考えると、アマリアはとっても勇気があるのね」

「勇気……？」

「だって何一つ釣り合っていない婚約者の隣を堂々と歩くなんて、わたしにはとてもできないもの」

その言葉がぐさりと私に刺さる。

わずかに顔を曇らせると、カレンの唇の端がゆっくりと、しかし確実に持ち上がって意地悪さが滲む微笑みを作った。

「ごめんなさい、傷つけてしまったかしら。でも、これもアマリアを思ってのことなの。いつかイルヴィス様が貴女に騙されたと気づいたとき、捨てられたアマリアがすんなりと現実を受け入れられるようにね」

――イルヴィスと釣り合っていないなんて、そんなの誰よりも私が一番分かっている。

カレンのような誰もが見惚れる容姿も無ければ、イルヴィスを支えられるような立派な家門もない。

だから私はいろんな人に認められるよう勉強と仕事に励んだ。もちろんたかが数か月でイルヴィスの隣に並べるほど変われたとは思っていないけど、イルヴィスは一緒に考えようと言ってくれた。

（だから、そんな言葉で傷つくものですか）

イルヴィスに相応しい存在になりたいという思いは少しも変わっていない。でも、それはカレンの言う強迫観念からではない。

ただ純粋に、私がそんな人になりたいと思っているから頑張っているのだ。

私は顔を上げて、まっすぐカレンを見据えた。突然の変化に驚いたカレンの拘束が緩み、その隙に摑まれていた腕を振りほどく。

「ルイにとって一番親しい女性だと言っておいて、カレンはルイのことを何も知らないのですね」

摑まれていた腕をさすりながら笑顔を作ると、カレンは訝しげに眉をひそめた。

「先ほどは遮られてしまいましたが、イルヴィスはひと時の同情で婚約するような人ではありません」

カレンは一瞬驚いた表情を見せたが、すぐに冷ややかな笑みを取り戻す。

「たとえ今は本物の愛情を持っていたとしても、明日には変わっているかもしれないわよ？　よくあるでしょう、そういう話」

実らないと思っていた想いを十年も抱えているような人だ。イルヴィスに限ってそんなことはあり得ない。何よりあんなに大切にされておいて、私にイルヴィスの愛を疑えるわけがない。

「……カレンには理解できないかもしれませんが、私は心からイルヴィスを愛しています。

それはイルヴィスも同じ。貴女がどんなに不服でも、それが何よりの真実なのです」

胸を張ってそう答えた私にカレンは一瞬言葉を失ったが、すぐに自己防衛のように言い返した。

「まあ、素敵な告白ね。……でも、言葉だけで未来を約束できるのかしら」

カレンは最後のあがきとばかりに強がって見せたが、それもすぐに崩れることになる。

「なるほど、言葉だけではなく行動でも気持ちを示す……それはいい考えですね。さっそく試してみます」


その言葉と同時に、私はふわりと抱きしめられる。聞くだけで安心する声が耳元で響き、私はハッとして顔を上げた。

「ルイ⁉　いつから聞いていたのですか⁉」

「とても素敵な告白でした。人目も憚らず連れ去ってしまいたいくらいに」

「よりによってそこから……！」

イルヴィスの表情が生き生きとしているほど、私は頭を抱えたくなる。穴があったら入りたいとはこの気持ちを言うのだろう。

顔色を赤くしたり青くしたり忙しない私に小さく笑うと、イルヴィスはカレンに向き直った。笑顔のままであるのに、その目はみじんも笑っていない。

「それと……言葉だけで未来を約束できない、といったような話も聞きましたね」

「い、イルヴィス様……それは……」

カレンもその怒りに気づいたのだろう、視線を彷徨わせて誤魔化そうと言葉を探している。しかしイルヴィスはそれを待つことはなかった。

「そういえば、貴女は会うたびに恋や愛の話をしていましたね」

「イルヴィス様？　急に何の話を……」

「でしたら、教えてください。責任感が強いのに脆いところがあって、でも強がって隠そうとする。強情すぎて悩まされることもあるのに、アメリーだと思えば嬉々として受け入れてしまえるこの感情を、なんと言えばいいのかを」

それはいつだったたか、イルヴィスから聞いた私の好きな所だった。

胸がぎゅっと締め付けられる。

「……っ」

おそらくカレンは、自分が一番イルヴィスと親しいことを心のよりどころにしていた。それが今、他でもないイルヴィスの手で丁寧に崩されているのだ。

わなわなと震えているカレンだが、それでも何とか笑みを作った。

「や、やだなあ……そういうのは、自分で答えを見つけるのが醍醐味じゃない」

そう言ったカレンの目は潤んでおり、今にも涙がこぼれてしまいそうだった。

イルヴィスはそれを聞いて面白そうに笑い声をあげると、ふと真顔に戻る。

「そうですか、それは残念です。できれば、この感情は簡単に変わるものなのか、ということまで伺いたかったのですが」

カレンの言葉を利用して追い詰めるなんて、本当に恐ろしいことをする。イルヴィスの怒りに小さく身が震える。

しかし、衝撃は当然カレンの方が何倍も強くて。

「っ」

唇をかんだかと思えば、彼女はサッと顔を隠すようにうつむいた。

「……はあ。すみません、アメリー。お待たせしてしまいました。少し落ち着いたら、気分転換に一曲踊りませんか」

「あ……はい、もちろんです」

急に話しかけられて、反応が遅れてしまう。そう言えばそろそろファーストダンスが始まる頃だったと思い出して、少し気が重くなる。

ハッとして周りを見れば、私たちがそれなりに注目を集めていたことに気がついた。

……考えてみれば当然だ。それなりに長話をしてしまったし、もともと私たちは注目されている。

（この空気の中で、始まるの……？）

キリキリと痛み出した胃を押さえていると、人波をかき分けるようにジルが慌てた様子で近づいてきた。

「カレン！　急に消えたかと思えば、一体何があったんだ……!?」

異変を察したばかりのジルは、まだ状況を掴めていないようだった。彼は剣呑な空気に気が付くと、顔色を変えてカレンに問いかけた。

「……」

今まで俯いていたカレンが顔を上げる。

予想に反して、彼女は暗い表情を浮かべていなかった。

「少し、相談に乗っていたの」

「は……相談？　お前が？」

「イルヴィス様。先ほどの質問には答えられないけど、代わりに良い場を設けてあげるわ。ぜひ行動でお示しになってくださいね」

春のような穏やかな笑みを浮かべたカレンはジルを無視して、まっすぐこちらを見据えている。そして彼女はいきなり私の手を取ると、様子を窺っていた貴族たちに向けて声高らかに告げた。

「お騒がせしてしまったお詫びとして、主役はアマリアに譲るわ。皆さんもぜひ彼らのファーストダンスを楽しんでください！」

私とイルヴィスが同時に息をのんだ。

ファーストダンスの踊り出しは主役……今回で言えば、主催のカレンとジルがリードすることになっている。主役が一曲分踊り切ってから、その後に続くように招待客が踊り出す。

――つまり主役とは、みんなが注目している中で踊るということである。

「はあ⁉　カレン、お前は何を言ってるんだ⁉　突然招待客に主役を譲るなんて、話と違うじゃないか！」

案の定、ジルも信じられないといった様子でカレンを止めた。だけどカレンはそれを気に留めることもなく、甘い笑みを浮かべた。

「どうしますか、アマリア？」

その言葉を受けて、私は少し考え込んだ。

確かにファーストダンスは問題なく踊れるようになったが、大衆に紛れて踊るのと注目されて踊るのじゃ大きな差がある。わずかに顔色を青くした私に、カレンは見下すように目を細めた。

（間違いない、私はダンスが苦手だと知っているんだわ）

ここは断るべきだ。今なら『恐れ多いです』と言えば何事もなくこの場を切り抜けられる。捨て身の挑発を受けて失敗をするよりはずっといい。

(……でも、こんなに注目されている状況はそうない)

社交界で居場所を作る。成功すれば、その目標を達成するのにはこの上ない状況だ。

「アメリー、どうしますか？」

「ルイ、私のことを信じていただけますか？」

イルヴィスを見上げると、彼は驚いた顔で私を見ていた。しかしすぐに優しい表情で頷いてくれた。

「もちろんです」

このやり取りを不快そうに見ているカレンに向き直る。私は背筋を伸ばして、しっかりと答えた。

「お詫びだとおっしゃるのならば、その気持ちを無下にできません。謹んでお受けいたします」

カレンの目が少し見開かれ、彼女の表情にわずかな驚きが浮かぶ。しかし、すぐに嘲笑に変わった。

「えっ、アマリア嬢も本気か!?」

ジルだけが取り残されて慌てふためいていた。その様子を見るに、カレンが独断で動いているのは間違いない。

（こんな人に、絶対に負けないわ！）

周囲の視線を意識しつつ、私とイルヴィスはダンスホールの中心へと歩みを進めた。

騒ぎはいつの間にか広がっており、みんな値踏みをするようにこちらを見つめている。

その興味深そうな視線は覚悟を決めた私の心を揺さぶり、足取りを重くする。

「忘れられない時間になることを祈っているわ」

カレンとすれ違う際に聞こえたのは、おそらく幻聴ではない。

だけど私には、それについて考える余裕すらなかった。緊張で指先から温度がどんどん消えていくのが分かる。失敗した時の嘲笑を勝手に思い浮かべては震え出す私の手が、ふと温かい温もりに包まれた。

それに背中を押されるようにホールの中心までたどり着くと、私は踊るために一度イルヴィスの手を離して向かい合った。

「貴女は一人ではありませんよ。私がいます」

安心できる微笑みとともに差し出された手を見つめる。

（この温かい手は信じられる）

どうしようもなかった私を掬い上げた手だ。私は覚悟を決めて、イルヴィスの手を取った。

――オーケストラの指揮が、腕を上げる。

「そんな不安そうな顔をしないでください。アメリーが頑張ってきたことは、私もよく知っています。あれだけ練習したんです。今さら注目されたくらいで失敗しませんよ」

明らかに緊張した面持ちの私に、イルヴィスが和ませようと冗談っぽくそう言った。

「私がどれだけルイの足を踏んだか覚えてないんですか？？」

「生憎と。ダンスを楽しんでいたもので」

「それでも足を踏まれたのは分かるでしょう」

「さあ」

じとりとイルヴィスを睨みつつ、深呼吸をした。口から心臓が飛び出しそうな私の心情とは裏腹に、優雅な音楽が奏でられ始めた。

（っ、曲が、始まった）

ステップを踏む足が重く、音楽のリズムに合わせるのが難しい。私の不安は、そのままダンスの動きに反映されてしまっていた。

今さっき命を宿したカカシのような動きをしていると、イルヴィスはくすりと微笑んで私を引き寄せた。

「緊張していますね」

イルヴィスはコクコクと頷くので精一杯な私に小さく微笑むと、そのまま身をかがめて耳元に口を寄せた。そしてひどく甘くて、吐息のような声で囁いた。

「音に集中してください」

嫌でも耳に意識が集中した。少しぞわぞわが残る中、突然聴覚が十倍くらいになった気分だ。いくら何でも荒療治が過ぎる。

素直に従うのはしゃくだったので、私は一度イルヴィスに抗議の視線を送ってから音楽に耳を傾けた。

(あ……ファーストダンスって、こんな曲だったのね)

何度も聞いているはずなのに、まるで初めてのようだ。不思議な感覚に驚いていると、イルヴィスが楽しそうに笑った。

「意識せずとも、踊れているでしょう?」

「え……あ、本当だわ」

音楽に合わせて踊る私たちのステップは、まるで魔法にかかったかのように軽やかになる。

「お、踊れている……私が……」

あんなにも重かった足が、思った通りに動いてくれている。

(あれ、意外と楽しい……!)

私は、初めて純粋にダンスを楽しめていた。表情が明るくなった私に、イルヴィスは親鳥のような視線を向けている。

「あんなに練習したのですから、アメリーの体はちゃんとステップを覚えていたんですよ」

イルヴィスの言う通り、無理に次の動きを思い出そうとしなくても体は自然と次のステップへと移っていた。変に意識しないほどうまくいくので、おかげで私には会話をする余裕まで出てきた。

「こんな小さなきっかけで変われるなんて……」

「アメリーはずっと『苦手だ』という先入観のせいで無意識に力んでいたんです。だから授業でうまく踊れたとしても、偶然だと考えていたのでしょう？」

「そ、そうかもしれません」

「しかし、それではいつまで経っても自信はつきません。本当はすでに踊れているのだから、いきなり上達することもない。アメリーに必要だったのは、自信という心因的なものだったんです」

なるほど。それならこの場ほどいい機会はないだろう。

授業で成功しても納得しないなら、失敗できない状況で成功体験を作るしかない。こうしてうまくいっている今だからこそ、よりイルヴィスの言いたいことが分かる。

「それなのに、信じてくださってありがとうございます」

カレンがファーストダンスの話を持ち出した時点で、イルヴィスは私が踊れるかどうかは分からなかったはずだ。イルヴィスの考えが間違っていて、荒療治が効かなかった可能性もあったはず。

でも、イルヴィスは迷わず答えてくれた。

「覚悟を決めたアメリーに応えないはずがありませんよ」

その期待が面映ゆい。少しだけときめいてしまったことを誤魔化すように、私は再びダンスに集中した。いつの間にか中盤を過ぎていたことに、我ながら驚いた。

「しかし、せっかくアメリーがダンスを楽しめるようになったのに、このままお手本のように終わらせるのは少し寂しいですね」

「え？」

悪戯っぽく片目をつむって見せたイルヴィスに、嫌な予感を覚える。そしてその予感が正しいことを証明するかのように、曲の盛り上がりに合わせてイルヴィスの腕に力が入った。

「ふふっ、私に身を任せてくださいね」

そう言うや否や、イルヴィスは私を抱き上げて優雅なターンを決めた。

その動きは流れる水のように滑らかで、時間の流れが遅くなったかのようにすら思える。イルヴィスの動きに合わせて私のドレスの裾が藤色の波を描き、光を受けてキラキラと煌めく。

それはまるで夢の中の一場面のような、幻想的な光景を創り出していた。

「！？！？」

周囲からどよめきが聞こえるも、私は突然の動きに目を白黒させることしかできない。

驚嘆の声が耳に届くが、そのすべてが遠く感じる。私の視界にあるのは、私を信頼し、支えてくれるイルヴィスだけだった。

練習時とは比べ物にならないほどのダンス力に、私は踊りながらイルヴィスを見上げた。

「ど、どうして……練習の時は、こんなにうまくなかったじゃない！」

「……距離に慣れなくて真っ赤になったり、足を踏まないように気を張ったりしているアメリーが可愛くて」

「え？？　ちょっと待ってください、今まで付き合ってくれていた時間の意味合いが一気に変わってくるんですけど。え？？」

「いえ、ちゃんとした理由もあるんですよ！　ほら、私が手を貸してしまったらアメリーの成長に繋がらないでしょう？」

「タイミングのせいで取って付けたように聞こえますね……」

真剣に練習に付き合ってくれていたのかと思えば、ずっと私の反応を楽しんでいたなんて。とんでもない裏切りである。

「次回からイルヴィスはパートナーにしないと先生に伝えないといけませんね」

「どうしてそんな酷いことができるんですか⁉」

「酷いのはルイですけど」

どんな顔をしても無駄だ。もう決定事項である。

イルヴィス様がアマリアに向ける眼差しを見た瞬間から、自分に望みがないことなど分かっていた。それでも、どうしても諦めきれなかった。

お互いの立場でイルヴィス様と一緒になれないのも、そのせいで他の女と結ばれることになってもまだ我慢できた。だってその相手も結局は、愛されているわけじゃないから。

信頼され、お互いに尊重しあう良き夫婦にはなれたとしても、そこには甘い感情など存在しないから。

（まさか、イルヴィス様が誰かを好きになるなんて）

しかも、あんな特筆すべき才能もない平凡な女に。

今は上手く取り繕っているようだが、わたしは覚えている。数年前、みすぼらしい姿でパーティーの片隅に佇んでいたアマリアを。

それも外見だけじゃない。目元は暗く澱んでおり、まるで人形のように俯いていた姿は控えめに言っても令嬢には見えなかった。あの時は仲間内で揶揄って興味が失せたが、まさかあんな冴えない女がイルヴィス様の婚約者になるなんて。

（どうしてわたしじゃないの）

目の前で楽しそうに踊るアマリアたちの姿に、ギリ、と女の子らしくない歯ぎしりをした。

わたしの記憶にあるあの女は、あんなにもダンスが上手な人じゃなかったのに。一度だけ目にしたアマリアのダンスとはまるで違う。

（お膳立て役みたいじゃない。……わたし、イルヴィス様にとって、こんなにも取るに足らないような存在なのね）

イルヴィス様が誰かを好きになるのが受け入れられなくて、アマリアが何かしたんだと疑いもしなかった。だって、あの女と話しているイルヴィス様とわたしが知っているイルヴィス様はまるで別人だったもの。気の迷い、同情……とにかくアマリアに惑わされているのだと思いたかった。

だから化けの皮を剝がしてやろうとしたの。下心満載でイルヴィス様に近づいてくる女は何人も見たことがある。アマリアもその類だと思った。イルヴィス様はそういう女が嫌いだったから、悪いところを見せればすぐに婚約破棄してくれると思ったのだ。

（結局、わたしの恋は一生実らないんだと思い知っただけだったわ）

小さい頃からなんでも思うままの人生だった。地位もお金もなんでもあったのに、一番欲しい物は手に入らない。何よりも大事にしていたのに、もうすぐ手の届かないものになる。

　わたしのほうが、ずっと好きだったのに。

「……わたしの物にならないなら、いっそ」

「……いっそ？」

隣にいたお兄様がわたしの言葉を拾って、怪訝そうな顔をした。

「まさか、まだ閣下たちの婚約破棄を諦めていないのか？　なら、悪いことは言わない。諦めた方が身のためだぞ」

「あら。わたしの気が済むのならって協力してくれたの、お兄様じゃない」

幼い頃から比較され続けてきたお兄様は、何かとイルヴィス様を意識している。年が近いというのもあるけど、才能あふれるイルヴィス様に敵わなくてそのたびに悔しがっていた。

　しかも勝手に気まずく思って距離を取りはじめるから、わたしがイルヴィス様と会う機会を奪っていったのだ。これくらいで文句を言わないでほしい。

「ここまでやるとは聞いてないって言っているんだ。ちょっと恨み言を言いたい、なんて可愛いもんじゃないだろ」

「お兄様が情けないだけなんじゃない？　わたしの恨み言はまだまだあるわよ」

「……あのな、俺はこれでもお前を心配しているんだ。これ以上食い下がっても得られるものは何もないし、お前の評判にも家門にも傷がつくだけだぞ」

「でも、イルヴィス様が結婚するところなんて見たくない」

短くそう言い捨てれば、お兄様は目を見開いて驚いた。

理解できない、という顔だ。それはお兄様が男だから、というわけではなくて。

「カレン、お前は、恋のために、今まで築いてきたものを全部捨てる気か？」

わたしとよく似た顔が引きつっていく。

「自分も、未来も……俺たち家族さえも、どうでもいいとか……っ！」

五公は王族を除けば、最も高貴な身分である。ゆえにお互いが不可侵でなければならず、他の貴族の模範となるように振る舞わなければならない。

今まで何百年と保たれてきたその均衡を崩す行為は、謀反と受け取られても仕方ない。最悪の場合を逃れたとして、没落は免れないだろう。

返事することなく目を逸らしたわたしに、お兄様の顔色が変わる。

「お前、様子がおかしいぞ！　そんなことが、どうしてッ!!」

「お兄様には……ううん、誰にも理解できないでしょうね」

わたしは憐れみを込めて笑い返した。

「何もかも捨てられる恋だったの。イルヴィス様以外はあり得ないわ」

「お前は、家族よりあの男がいいのか？　お前じゃどうあがいても結ばれないのに？」

「だから何。わたしがその『貴族のルール』にどれだけ苦しめられたと思っているの？　そんなものが無ければ、とっくにイルヴィス様の隣に立っているわ！」

イルヴィス様がずっと昔と変わらず、誰にも興味を示さなければよかった。

そうしたらわたしは、ずっと一番という幻想を抱いていけたのに。

「ごめんね、お兄様」

プリマヴェーラ公爵家には迷惑をかけるだろうけど、どのみちもう引けない。だって、全部何とかするつもりでお父様とお母様に今日席を外してもらったのだ。

今諦めたって、わたしが失恋したという噂は一生纏わりつく。そのたびにイルヴィス様を思い出して、わたしはきっと絶望する。だったら、最後に爪痕を残したい。嫌われてもいいから、記憶に残ってやるんだ。

（そうだわ、アマリアに怪我をさせれば……！）

正直に言っても、きっとお兄様は手を貸してくれない。それなら——

「最後にイルヴィス様と踊れたら素直に諦めるわ。でもイルヴィス様はきっと断るだろうから、せめて近くで踊りたいの。手を貸してくれたら、大人しくしているから」

本当の目的を隠して、わたしは目に涙をためて懇願する。

最初は不審そうにしていたお兄様も、やがてはため息をついて表情をゆるめた。

「本当に最後だぞ」

「――ええ、分かっているわ」

すっかり緊張が消え去って、私は無事にファーストダンスを終えた。

胸を満たす充実感に、疲労と合わせてほうと息をつく。最後に礼をして顔を上げると、割れんばかりの拍手がホールを満たした。

「……へ？」

それが何なのかを理解するのに、たっぷりと数秒を要した。

私は礼をした体勢のまま、ホールを見回す。みなが興奮したように声をあげる中、最前列で小さく拍手をしているカレンを見つけた。

笑おうとして失敗したような笑顔で、感情の読めない瞳で私を見つめている。その隣ではジルが居心地悪そうにしていた。

（これだけのことがあれば、さすがにルイのことを諦めてくれるかな……）

そう思いながらカレンと見つめあっていると、嬉しそうなイルヴィスに声をかけられた。

「アメリーが認められるのは大変喜ばしいですが、同時に少し寂しくもありますね……」

「これもルイのおかげです」

一拍遅れて、イルヴィスの言葉に笑顔を返す。

かなり振り回されてしまったけど、それでもイルヴィスのおかげには間違いない。あのターンは、確かに目を引くものだから。

「せっかくですし、このままもう一曲行きますか？」

「……！　はい、それもいいですね」

なんだか全部うまくいったような気がして、私は気分が高揚したままその提案に頷いた。

すぐさま二曲目の前奏に入り、私たちの周りに招待客たちが集まり始めていく。

各々がダンスを楽しんでいる中、同じく踊っているカレンとジルを横目で見つけた。彼女たちは主催だし、一曲は踊らないと示しが付かないだろう。

私もそこまで余裕があるわけではないので、それだけ確認するとイルヴィスに視線を戻した。

いや、戻そうとした。

（あれ、カレンたち、なんだかどんどん私たちの方に近づいてきているような）

嫌な予感がして口を開こうとしたその時、カレンは大きくステップを踏みこんで一気に私の方に近づいてきた。

「あっ」

ぶつかる。そう思った瞬間、衝撃に備えて目をつむった。

「失礼します」

しかしイルヴィスの落ち着いた声が聞こえたかと思えば、代わりにやってきたのは浮遊感。

「えっ」

ハッとして目をあければ、私は大きく場所を変えていた。イルヴィスが先ほどのターンの要領で助けてくれたらしい。

私のドレスが宙を舞い、カレンの足がその裾を踏みつけるように一拍遅れて届く。

（え、なんでそこに足が……？）

しかし、事件はそれだけにとどまらなかった。

かなり無理をしたステップだったのか、カレンは足を滑らせて大きな音を立てて転んでしまった。近くで踊っていた令嬢がそれに驚いて悲鳴を上げてしまい、瞬く間に異変が会場中に伝わる。

楽団も演奏を止めて、痛いほどの沈黙が流れる。視線はすべてこちら——不格好に床に膝をついているカレンに向けられていた。

「だ、大丈夫ですか？」

慌ててカレンに声をかけるも、彼女は焦りと恥ずかしさで顔を真っ赤にして立ち上がろうともがいた。けど、ドレスが邪魔して上手く起き上がれないようだった。ジルがすぐに彼女の横に駆け寄った。

「カレン、どうして」

そんなジルの言葉を遮るように、カレンが目に涙を浮かべた。

「アマリアが、わざとわたしにぶつかってきたの」

その言葉に招待客がざわめき始める。しかし、ともに踊っていたジルは静かにカレンの耳元で囁いた。

「カレン、やめろ。これ以上続ければ、恥をかくのはおまえだ」

しかしカレンはジルの忠告を無視し、いよいよ声をあげて泣き始めた。

「私からすると、そちらが無理に近づいてきたように見えたのですが」

イルヴィスはその姿を冷たく見下ろしながらそう言った。

「は、はい！　私は何もしていません。貴女が大きく移動して、こちらにぶつかってきたんです」

私も慌てて反論するが、何せ向こうはへたり込んで泣いている令嬢だ。あまり強く責め立てれば、逆に私がいじめているようにも見えてしまうかもしれない。

他の貴族はカレンと私たちを交互に見比べ、どちらを信じるべきか悩んでいる様子だったが、泣いているカレンを憐れんでいる人が多い。ホールの空気は次第に緊張感に包まれていく。

そんな中、柔らかくも芯のある声が響いた。

「あら。私ははっきりと見ましたわ。カレン様がわざとアマリア様のドレスを踏みつけようとしたところを」

弾かれるように声の方を向けば、そこにはウィラの姿があった。静まり返った会場にその声はよく響いた。数秒の沈黙。

そのはっきりとした言葉を皮切りに、他の目撃者らしき声が上がっていく。

「そうよ、私も見たわ。カレン様がアマリア様のドレスを踏みつけようとしていたのは明らかだったわ」

「まさか、カレン様がそんなことをするなんて……でも、私の目にもそう映りましたな」

周囲の空気が変わり始めた。

まるで彼女が一人で演じている劇のようだ。カレンは周りの反応に動揺を隠せない様子で混乱した表情を浮かべている。

そしてなお何か言いつのろうとしたその時。

「いい加減にしろ！！！！」

「……っ！」

カレンを止めたのは、ダンスパートナーを務めていたジルだった。

穏やかな雰囲気のジルから出たとは思えない、空気を震わすような怒号に誰もが一瞬で言葉を失くした。

「頼むから、やめてくれ。諦めるという言葉を信じた俺が馬鹿だったよ。お前の人生を、こんなことで台無しにするな……」

　そして絞り出すような声に、カレンは再び力なくうつむいた。ジルはそんなカレンを立たせると、そのまま頭を下げさせた。

「お騒がせして申し訳ありません。カレンは気分が優れなくて、たまたま転んで気が動転しただけです。そうだろ、カレン」

　有無を言わせない口調に、カレンは震える声で小さく頷いた。

「はい……大変申し訳ございません。お兄様のおっしゃる通りです。わたしは体調が悪いので、先に戻らせていただきます」

「お待ちください」

　そのまま戻ろうとしたカレンを、イルヴィスは冷たい声で引き留めた。

「今回はジルに免じてこれ以上追及するようなことは致しませんが……アメリーを貶めようとしたことを私が許すことはありません」

「……っ、イルヴィス様」

「反省するのであれば、二度と私の前に現れないでください。そうすれば、私も今日のことをすべて忘れますので」

　そうして言いたいことをすべて言い切ると、イルヴィスは言葉通りカレンから顔を背ける。その姿に、カレンは再び大きな目から涙を流すと、顔を歪めてダンスホールから走り去っていった。

　その後ろ姿を見送った後、ジルは私とイルヴィスに深々と頭を下げた。

　公爵家の嫡男が、である。

「申し訳ありません、アマリア嬢、閣下。妹が大変ご迷惑をおかけしました」

「い、いえ……頭を上げてください」

「本当に申し訳ありません……この度の騒ぎは、必ず何かしらの形で償わせていただきますので」

「……いえ、先ほども言った通り、この件は――」

「いえ、そのように甘えることは出来ません。忘れて頂けるだけでも十分です」

　すっぱり言い切ったジルに、私たちはそれ以上何も言わなかった。それが、ジルなりの覚悟だと思ったからだ。

　重苦しい空気を纏ったジルと別れたあと、ウィラたちが私たちのもとに集まってきた。

「アマリア様、大丈夫ですか？　まさかあんなことになるなんて、本当に驚きましたわ」

ウィラが心配そうに私に声をかけると、周りの令嬢たちも次々と励ましの言葉をかけてきた。

「ウィラ様たちが声をあげてくださらなかったら、どうなっていたことか……」

「いえ、私も前からカレン様のやり方が好きじゃなかったのです。でも、私には堂々と立ち向かう勇気がなかったので……アマリア様のお力になれてよかったです」

そう言ったウィラは、優しい表情を浮かべていた。

「本当にありがとうございました、ウィラ様」

改めてお礼を述べた私に続いて、イルヴィスも謝罪する。その声色は真剣なものだった。

「ご迷惑をおかけして申し訳ありません。……ウィラ嬢たちのおかげで、本当に助かりました」

「ふふ、こちらこそありがとうございます。何だか前に進めたような気分ですわ」

ウィラの言葉に、令嬢たちの表情が明るくなった。話が一段落したと分かったのだろう、彼女たちは空気を変えるように話題を変えた……というか、テンションがとんでもないことになっている。

「まあ、何だかロマンス小説を読んだ気持ちですわ！」

「分かります！　お二人を見ていると、私も素敵な恋がしたくなりましたわあ」

「あら、貴女は婚約者がいるじゃない」

「そういうことじゃないですー！」

令嬢たちの声につられるようにして、私とイルヴィスに取り入ろうと他の貴族が近づいてきている。

それをいち早く察したウィラが、手をパンと叩いて注意を引いた。

「アマリア様とお話ししたがってる方は他にもいますし、私たちはお暇しましょう。独占していては怒られてしまいますわ」

令嬢たちの背を押すように移動するウィラだが、ふと立ち止まって振り向いた。

「今度、我が家でパーティーを開くんですけど、アマリア様さえよろしければご参加いただけませんか？」

予想もしなかったお誘いに、思わず瞬いた。それにウィラが慌てたように言葉を付け足した。

「あ、もちろんご都合もあると思いますので、お断りいただいても……」

「いえっ！　必ず行きます！」

願ってもないお誘いだ。ウィラの言葉にかぶせるように答えれば、驚いた顔の後にとても可愛らしい笑みをくれた。

「ふふっ、楽しみにお待ちしておりますね」

終章　―　貴方の隣は私が良い

入れ替わり声をかけてくる貴族たちの相手もそこそこに、私とイルヴィスは先に舞踏会を抜けた。

「アメリー、怪我などはありませんでしたか？」

「はい、ルイのおかげで何もありませんでした」

「カレン嬢と二人きりになっていたとき、また何か言われましたよね？　あの場を収めるためにああ言いましたが、気分が晴れなかったら、改めてプリマヴェーラ家に追及しますから」

その言葉にかぶりを振る。

向こうから仕掛けてきたこととはいえ、主役をあんな目に遭わせてしまったのだ。気まずさと共に、好奇の視線を隠そうともしない空気に体力がごりごりと削られていく。

何しろ国の平和を守り続けてきた五公同士のトラブルだ。

幸いにもカレンのミスだけにとどまったが、一歩間違えれば大事件になっていた。イルヴィスの言葉もあるし、カレンが今後表に出てくることは難しいだろう。

しばらくは心ない憶測が飛び交うだろうが、すぐに落ち着くだろう。いずれ誰も話題に触れなくなって、カレンのことは忘れさられていく。

こうなることだって分かっていただろうに……。いや、分かっていたからこそ、せめてイルヴィスの記憶に残りたかったのだろうか。忌まわしい記憶として。

「ルイ、今日はごめんなさい」

馬車に乗り込んだ後、私は改めてイルヴィスに向き合って謝罪した。

「どうして謝罪を？」

「こんな大事にしてしまったのもそうですが、思えば結構無茶したなぁと……反省しまして」

「私としては充実した時間だったと思いますよ？　何より、ホールの中心でアメリーと踊れました。昔の私では、到底考えられませんでした」

「た、確かにダンスは楽しかったですけど……！」

表情が晴れない私に、イルヴィスが不思議そうな顔で首を傾げた。

「アメリーはどうしてそこまで自分に厳しくするのですか」

「その、笑わないでほしいのですが……私は、ルイに相応しい人になりたかったんです」

「え？　相応しいも何も、何があろうと私はアメリーを選びますよ」

「そう言っていただけるのはとても嬉しいのですが、それじゃいつかルイを困らせてしまいます。私は、自信をもってルイの婚約者だと言えるようになりたいんです……だから公爵家のみんなに認められたかったし、社交界で居場所を作りたかったのです」

それこそこんなことが起きないように、誰から見ても納得できる存在に。

とはいえ、意固地になっていた点も自覚している。気恥ずかしさもあって下を向いていたが、はあ、というため息で我に返った。

「――貴女って人は、どこまで私を好きにさせるのですか」

「わ」

イルヴィスは何かを堪えるような顔をしたかと思えば、強く私を抱きしめた。

ふわっとイルヴィスの香りが強くなる。甘さを残した優しい匂いに、思わずほっと息をついた。

「アメリー？」

緊張で身を硬くしてじっとしていると、イルヴィスに名前を呼ばれた。

「は、はい！」

いちごを砂糖で煮詰めたような甘い眼差しから目が離せない。

イルヴィスは今、眦を緩やかに下げて、私を見ている。微かに頬が上気していて、普段透き通って美しい肌と見事なコントラストを描いている。なんだかいけないものを見てしまった気分だ。

「る、るい、あの、待ってくださ」

制止する私の言葉は、頬に伸ばされた手に遮られた。しなやかな指に唇をなぞられて、息をすることもできない。

顔が近くて、目のやり場に困って、視線がうろうろと彷徨う。もちろん、閉鎖空間である馬車にこの状況を変える者はない。

そうしている間にも、私を見つめる熱っぽい視線は外れない。心臓が冗談のような大きな音を立てている。

「アメリーはどんどん綺麗に……誰から見ても素敵な女性になっています。貴女の隣はいつだって私がいいと思うのに、離れて行かないか気が気じゃありません」

目を丸くする私に、イルヴィスが少しだけ面白くなさそうに口を尖らせ腕の拘束を緩めた。

「まさか、信じていないのですか」

「いえ、少し驚いただけです」

「私なりに伝えていたつもりですけど」

「だ、だって私、貴方のことばかり考えていたから……私がどう思われていたかなんて、気にする余裕もないです」

私の言葉に驚いた表情をした後、イルヴィスの頬が赤く染まった。先ほどまでのからかうような顔はどこへやら、心許なさそうに彷徨う視線がとても可愛らしい。

「えっと、それは」

期待したように言い淀むイルヴィスに、なんだか表現できない愛おしさがこみあげてくる。私の頬に添えられている手の上に自分の手を重ねると、イルヴィスは再び視線をこちらに向けた。

「私だって……ルイのことが大好きで……貴方の隣に、ずっと居たいと考えているんですよ」

「……！　ええ、私も貴女を愛しています……ずっと、誰よりも」

澄んだアイスブルーの瞳には私の姿だけを映していて、胸がいっぱいになる。こんなに喜んでもらえるのなら、本当に頑張ってよかった。

ふんわりとした幸福感に浸っていると、ふとイルヴィスと目が合う。

「目を閉じて」

少し掠れた声に促されるまま、ぎゅっと目を閉じた。

そうして唇に触れた柔らかい感触に、やはり慣れなくて硬直した。

予想できていたとはいえ、心臓が今にも破裂しそうな勢いで脈を打っている。ゆっくりと目を開ければ、イルヴィスはとろけるような甘い眼差しを私に向けていた。

顔が真っ赤になっているであろうことが自分でもよくわかる。思わず口元を押さえて、変なうめき声をあげていた。

「嫌でしたか？」

「いやなんて、そんな……幸せで死んでしまうかと思いました」

「死にませんよ？」

既視感のあるやり取りなのに、立場がまるっと逆になっている。そのことに気づいて口元の手を下ろし、私は思わずジトリとした視線を送ってしまった。

「もう一度、キスしてもいいですか」

甘やかな笑みを浮かべているが、目の前の美しい男は間違いなく分かっててやっているのだ。

でもそれを責める気力はもうなくて、私はそっと顔を上げた。

「あの……本当に心臓に悪いので、やっぱりほっぺとか……おでこじゃダメですか」

すると、イルヴィスはちょっとだけその薄い唇を噛んだ。

「……ダメではありませんが」

かなり不服そうな顔に笑いをこらえていると、心に特大の爆弾が落とされた。

「もう頬や額のキスでは満足できません」

そう言うイルヴィスの目がいつもより熱っぽく見えて、私は大人しく降参するしかないのだった。

「……冬の結婚式、楽しみですね。国中にアメリーが私の妻だと知らしめるような、盛大なものにしましょう」

「……！　ルイが隣に居るのなら、どんな結婚式でも華やかに違いありません」

それまでに、もっと貴方の隣に相応しい人になれるように頑張ろう。

あとがき

この度は『妹に婚約者を取られたら見知らぬ公爵様に求婚されました』の二巻をお手に取っていただきありがとうございます。

まさかの続きを出していただけるとのお話に、舞い上がりながらもイルヴィスとアマリアの自由な未来に頭を抱えた日がありました。初めての続刊に七転八倒しながらですが、何とかお届けできて良かったです！　うん、本当に良かった!!（血涙）

一巻では何事に対しても我慢していたアマリアがイルヴィスに救われ、過去を断ち切りました。幼いころからずっとアマリアを苦しめてきた人間関係の清算でもあるため、とても狭い世界で完結しておりました。

しかし二巻では、救ってくれたイルヴィスに相応しい女性になりたい、という思いでアマリアは未来を考え始めるようになります。他人に言われるがままの閉じこもった人生ではなく、自分から動いて他人と関わっていく。その矢先に現れた、イルヴィスに想いを寄せるカレンという存在。

実は、カレンはアマリアが考える理想の令嬢（性格を除く）でもあったりします。ジルは完全に陽炎の好みですが。誰かに劣等感を抱いている王子様系イケメン、好き。

そんな感じで一巻より情報量が多い二巻となってしまいましたが……恋人としても少しずつ成長している、アマリアとイルヴィスの姿をお楽しみいただけましたら幸いです！

最後となってしまいましたが、ここまで書き上げることができたのは担当編集様を筆頭にたくさんの方に支えられてこそです。

今回も素敵なイラストを描いてくださったＮｉＫｒｏｍｅ様、誠にありがとうございました。あまりの美しさに脳を焼かれ、表紙のイラストをいただいた日の記憶がありません。今でも見る度にドキドキしています……これが、恋？

そしてデザイナー様、校正様、続編を望んでくださった読者の皆様に最大の感謝を。

ここまでお読みいただき、本当にありがとうございました。またお目にかかれることを願って……！

陽炎氷柱

「妹に婚約者を取られたら見知らぬ公爵様に求婚されました2」の感想をお寄せください。
おたよりのあて先
〒102-8177　東京都千代田区富士見2-13-3
株式会社KADOKAWA　角川ビーンズ文庫編集部気付
「陽炎氷柱」先生・「NiKrome」先生
また、編集部へのご意見ご希望は、同じ住所で「ビーンズ文庫編集部」
までお寄せください。

妹に婚約者を取られたら見知らぬ公爵様に求婚されました2

陽炎氷柱

角川ビーンズ文庫　24124

令和6年4月1日　初版発行

発行者――山下直久
発　行――株式会社KADOKAWA
〒102-8177　東京都千代田区富士見2-13-3
電話 0570-002-301（ナビダイヤル）
印刷所――株式会社暁印刷
製本所――本間製本株式会社
装幀者――micro fish

●お問い合わせ
https://www.kadokawa.co.jp/（「お問い合わせ」へお進みください）
※内容によっては、お答えできない場合があります。
※サポートは日本国内のみとさせていただきます。
※Japanese text only

ISBN978-4-04-114705-4C0193 定価はカバーに表示してあります。　◇◇◇

突然できた弟ナイジェルを父親の『不義の子』と誤解し当たっていた公爵令嬢ウィレミナ。謝れず数年。義弟が護衛騎士になることに!?　憎まれていたわけではなかったけれど、今度は成長した義弟に翻弄されっぱなし!?